炉边独语

鲁彦散文精选

鲁彦 著

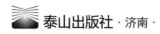 泰山出版社·济南·

图书在版编目（CIP）数据

鲁彦散文精选 / 鲁彦著. -- 济南：泰山出版社，
2024.1
（炉边独语）
ISBN 978-7-5519-0796-5

Ⅰ.①鲁… Ⅱ.①鲁… Ⅲ.①散文集－中国－现
代 Ⅳ.① I266

中国国家版本馆CIP数据核字（2023）第093242号

LUBIAN DUYU　LUYAN SANWEN JINGXUAN

炉边独语：鲁彦散文精选

责任编辑 程　强　任春玉
装帧设计 路渊源

出版发行 泰山出版社
　　社　　址　济南市泺源大街2号　邮编　250014
　　电　话 综 合 部（0531）82023579　82022566
　　　　　　出版业务部（0531）82025510　82020455
　　网　　址　www.tscbs.com
　　电子信箱　tscbs@sohu.com
印　　刷 山东通达印刷有限公司
成品尺寸 150 mm×230 mm 16开
印　　张 12.5
字　　数 155千字
版　　次 2024年1月第1版
印　　次 2024年1月第1次印刷
标准书号 ISBN 978-7-5519-0796-5
定　　价 39.00元

凡　例

一，本书收录了作者的散文经典文章或片段节选，主要展现了作者的学术历程，情感操守，以及当时的时代风貌等。

二，将所选文章改为简体横排，以适应当代的阅读习惯。所选文章尽量依照原作，以保持文章的时代韵味，部分内容参照当下最新的整理成果进行了适当修改。

三，所选文章没有标题或者标题重复的，编辑时另行拟加或改拟。

四，对有些当时惯用的文字，如"的""地""得""作""做""哪""那""吧""罢""化钱""记帐"等，仍多遵照旧用。

目录

秋 夜

"醒醒罢，醒醒罢。"有谁敲着我的纸窗似的说。

"呵，呵，——谁呀？"我朦胧的问，揉一揉睡眼。

黑沉沉的看不见一点什么，从帐中望出去。也没有人回答我，也没别的声音。

"梦罢？"我猜想，转过身来，昏昏的睡去了。

不断的犬吠声，把我惊醒了。我闭着眼仔细的听，知道是邻家赵冰雪先生的小犬，阿乌和来法。声音很可怕，仿佛凄凉的哭着。中间还隔着些呜咽声。我睁开眼，帐顶映得亮晶晶。隔着帐子一望，满室都是白光。我轻轻的坐起来，掀开帐子，看见月光透过了玻璃，照在桌上，椅上，书架上，壁上。

那声音渐渐的近了，仿佛从远处树林中向赵家而来，其中似还夹杂些叫喊声。我惊异起来，下了床，开开窗子一望，天上满布了闪闪的星，一轮明月浮在偏南的星间，月光射在我的脸上，我感着一种清爽，便张开口，吞了几口。犬吠声渐渐的急了。凄惨的叫声，时时间断了呻吟声，听那声音似乎不止一人。

"请救我们被害的人……我们是从战地来的……我们的家屋都被凶恶者占去了，我们的财产也被他们抢夺尽了……我们的父母兄弟姊妹多被他们杀害尽了，……"惨叫声突然高了起来。

仿佛有谁泼了一盆冷水向我的颈上似的，我全身起了一阵寒战。

"吞下去的月光作怪罢？"我想。转过身来，向衣架上取下一件夹袍，披在身上。复搬过一把椅子，背着月光坐下。

"请救我们没有父母的人，请救我们无家可归的人！……"叫声更高了。有老人，青年，妇女，小孩的声音。似乎将到村头赵家了。犬吠得更厉害，已不是起始的悲哭声，是一种凶暴的怒恨声了。

我忍不住了，心突突的跳着。站起来，扣了衣服，开了门，往外走去。忽然，又是一阵寒战。我看看月下的梧桐，起了恐怖。走回来，从枕头底下拿出一支手枪，复披上一件大衣，倒锁了门，小心的往村头走去。

梧桐岸然的站着。一路走去，只见地上这边一个长的影，那边一个大的影。草上的露珠，闪闪的如眼珠一般，到处都是。四面一望，看不见一个人，只有一个影子伴着我孤独者。"今夜有许多人伴我过夜了"，我走着想，叹了一口气。

奇怪，我愈往前走，那声音愈低了，起初还听得出叫声，这时却反而模糊了。"难道失望的回去了吗？"我连忙往前跑去。

突突的脚步声，在静寂中忽然在我的后面跟来，我骇了一跳，回头一看，什么也没有。

"谁呀？"我大声的问。预备好了手枪，收住脚步，四面细看。

突突的声音忽然停止了，只有对面楼屋中回答我一声"谁呀？"

"呵，弱者！"我自己嘲笑自己说，不觉微笑了。"这样的胆怯，还能救人吗？"我放开脚步，复往前跑去。

静寂中听不见什么，只有自己突突的脚步声。这时我要追的声音，几乎听不见了。

"不要失望，不要失望，困苦者！我便是你们的兄弟，我的家便是你们的家！请回转来，请回转来！"我急得大声的喊了。

"不要失望，不要失望，困苦者！我便是你们的兄弟，我的家便是你们的家！请回转来，请回转来！"四面八方都跟着我喊了一遍。

静寂，静寂，四面八方都是静寂，失望者没有回答我，失望者听不见我的喊声。

失望和痛苦攻上我的心来，我眼泪簌簌的落下来了。

我失望的往前跑，我失望的希望着。

"呵，呵，失望者的呼声已这样的远了，已这样的低微了！……"我失望的想，恨不得多生两只脚拚命跑去。

呼的一声，从草堆中出来一只狗，扑过来，咬住了我的大衣。我吃了一惊，站住左脚，飞起右脚，往后趺去。它却抛了大衣，向我右脚扑来。幸而缩得快，往前一跃，飞也似的跑走了。

喽喽的叫着，狗从后面追来。我拿出手枪，回过身来，砰的一枪，没有中着，它的来势更凶了。砰的第二枪，似乎中在它的尾上。它跳了一跳，倒地了。然而叫得更凶了。

我忽然抬起头来，往前面一望，呼呼的来了三四只狗，往后一望，又来了无数的狗，都凶恶的叫着。我知道不妙，欲向原路跑回去，原路上正有许多狗冲过来，不得已向左边荒田中乱跑。

　　我是什么也不顾了，只是拚命的往前跑。虽然这无聊的生活不愿意再继续下去，但是死，总有点害怕呀。

　　呼呼呼的声音，似乎紧急的追着，我头也不敢回，只是匆匆迫迫越过了狭沟，跳过了土堆，不知东西南北，慌慌忙忙的跑。

　　这样的跑了许久，许久，跑得精疲力竭，我才偷眼的往后望了一望。

　　看不见一只狗，也听不见什么声音，我于是放心的停了脚，往四面细望。

　　一堆一堆小山似的坟墓，团团围住了我，我已镇定的心，不禁又跳了起来。脚旁的草又短又疏，脚轻轻一动，便刷刷的断落了许多。东一株柏树，西一株松树，都离得很远，孤独的站着。在这寂寞的夜里，凄凉的坟墓中，我想起我生活的孤单与漂荡，禁不住悲伤起来，泪儿如雨的落下了。

　　一阵心痛，我扭缩的倒了……

　　"呵——"我睁开眼一看，不觉惊奇的叫了出来。

　　一间清洁幽雅的房子，绿的壁，白的天花板，绒的地毡，从纱帐中望出去。我睡在一张柔软的钢丝床上。洁白的绸被，盖在我的身上。一股沁人的香气充满了帐中。

　　正在这惊奇间，呀的一声床后的门开了。进来的似乎有两个人，一个向床前走来，一个站在我的头旁窥我。

　　"要茶吗，鲁先生？"一个十六七岁的女郎轻轻的掀开纱帐问我。

　　"如方便，就请给我一杯，劳驾。"我回答说，看着她的乌黑的眼珠。

"很便，很便。"她说着红了面，好象怕我看她似的走了出去。

不一刻，茶来了。她先扶我坐起，复将茶杯凑到我口边。

"这真对不起。"我喝了半杯茶，感谢的说。

"没有什么。"她说。

"但是，请你告诉我，这是什么地方，你姓什么？"

"我姓林，这里是鲁先生的府上。"她笑着说，雪白的脸上微微起了两朵红云。

"那一位鲁先生？"

"就是这位。"她笑着指着我说。

"不要取笑。"我说。

"唔，你到处为家的人，怎的这里便不是了。也罢，请一个人来和你谈谈罢。"她说着出去了。

"好伶俐的女子。"我暗自的想。

在我那背后的影子，似乎隐没了。一会儿，从外面走进了一个人。走得十分的慢，仿佛踌躇未决的样子。我回过头去，见是一个相熟的女子的模样。正待深深思索的时候，她却掀开帐子，扑的倒在我的身上了。

"呀！"我仔细一看，骇了一跳。

过去的事，不堪回忆，回忆时，心口便如旧创复发般的痛，它如一朵乌云，一到头上时，一切都黑暗了。

我们少年人只堪往着渺茫的未来前进，痴子似的希望着空虚的快乐。纵使悲伤的前进，失望的希望着，也总要比回头追那过去的影快乐些罢。

在无数的悲伤的前进，失望的希望着者之中，我也是一个。我不仅是不肯回忆，而且还竭力的使自己忘却。然而那影子真厉害，它有时会在我无意中，射一支箭在我的心上。

今天这事情，又是它来找我的。

竭力想忘去的二年前的事情，今天又浮在我眼前了。竭力想忘去的二年前的一个人，今天又突然的显在我眼前了。最苦的是，箭射在中过的地方，心痛在伤过的地方。

扑倒在我身上呜咽着的是，二年前的爱人兰英。我和她过去的历史已不堪回想了。

"呵，呵，是梦罢，兰英？"我抱住了她，哽咽的说。

"是呵，人生原如梦呵……"她紧紧的将头靠在我的胸上。

"罢了，亲爱的。不要悲伤，起来痛饮一下，再醉到梦里去罢。"

"好！"她慨然的回答着，仰起头，凑过嘴来。我们紧紧的亲了一会。俄顷，她便放了我，叫着说，"拿一瓶最好的烧酒来，松妹。"

"晓得。"外间有人答应说。

我披着衣起来了。

"现在是在夜里吗？"我看见明晃晃的电灯问。

"正是。"她回答说。

"今夜可有月亮？可有星光？"

"没有。夜里本是黑暗，那有什么光。"她凄凉的说。

我的心突然跳动了一下，问道：

"呵，兰英，这是什么地方？我怎样来到这里的？"

“这是漂流者的家，你是漂流而来的。”她笑着回答说。

“唔，不要取笑，请老实的告诉我，亲爱的。”我恳切的问。

“是呵，说要醉到梦里去，却还要问这是什么地方。这地方就是梦村，你现在做着梦，所以来到这里了。不信吗？你且告诉我，没有到这里以前，你在什么地方？”

我低头想了一会，从头讲给她听。讲到我恐慌的逃走时，她笑得仰不起头了。

“这样的无用，连狗也害怕。”她最后忍不住笑，说。

“唔，你不知道那些狗多么凶，多么多……”我分辩说。

“人怕狗，已经很可耻了，何况又带着手枪。……”

“一个人怎样对付？……而且死在狗的嘴里谁甘心？……”

“是呵，谁肯牺牲自己去救人呵！……咳，然而我爱，不肯牺牲自己是救不了人的呀……”她起初似很讥刺，最后却诚恳的劝告我，额上起了无数的皱纹。

我红了脸，低了头的站着。

“酒来了。”说着，走进来了那一位年轻的姑娘，手托着盘。

“请不要回想那过去，且来畅饮一杯热烈的酒罢，亲爱的。”她牵着我的手，走近桌椅旁，从松妹刚放下的盘上取下酒杯，满满的斟了一杯，凑到我的口边。

“呵——”我长长的叹了一口气。一饮而尽。走过去，满斟了一杯，送到她口边，她也一饮而尽。

“鲁先生量大，请拿大杯来，松妹。”她说。

"是。"松妹答应着出去了，不一刻，便拿了两只很大的玻璃杯来。

桌上似乎还摆着许多菜，我不曾注意，两眼只是闪闪的在酒壶和酒杯间。兰英也喝得很快，不曾动一动菜，一面还连呼着"松妹，酒，酒"，松妹"是，是"的从外间拿进来好几瓶。

我们两人，只是低着头的喝，不愿讲什么话，松妹惊异的在旁看着。

无意中，我忽然抬起头来。兰英惊讶似的也突然仰起头来，我的眼光正射到她的乌黑的眼珠上，我眉头一皱，过去的影刷的从我面前飞过，心口上中了一支箭了。

我"啊"的一声，拿起玻璃杯，狠狠的往地上摔去，砰的一声，杯子粉碎了。

我回过头去看兰英，兰英两手掩着面，发着抖，凄凉的站着，只叫着"酒，酒"。我忽然被她提醒，捧起酒壶，张开嘴，倒了下去。

我一壶一壶的倒了下去，我一壶一壶的往嘴里倒了下去……

一阵冷战，我醒了。睁开眼一看，满天都是闪闪的星。月亮悬在远远的一株松树上。我的四面都是坟墓；我睡在濡湿的草上。

"啊，啊，又是梦吗？"我惊骇的说，忽的站了起来，摸一摸手枪，还在身边，拿出来看一看，又看一看自己的胸口，叹了一口气，复放入衣袋中。

"砰，砰，砰……"忽然远远的响了起来。随后便是一阵凄惨的哭声，叫喊声。

"唔，又是那声音？"我暗暗的自问。

"这是很好的机会，不要再被梦中的人讥笑了！"我鼓励着自己，连忙循着声音走去。

"砰，砰，砰……"又是一排枪声，接连着便是"隆隆隆"的大炮声。

我急急的走去，急急的走去，不一会便在一条生疏的街上了。那街上站着许多人，静静的听着，又不时轻轻的谈论。我看他们镇定的态度，不禁奇异起来了。于是走上几步，问一个年轻的男子。

"请问这炮声在什么地方，离这里有多少远？"

"在对河。离这里五六里。"

"那么，为什么大家很镇定似的？"我惊奇的问。

"你害怕吗？那有什么要紧！我们这里常有战事，惯了。你似乎不是本地人，所以这样的胆小。"他反问我，露出讥笑的样子。

"是，我才从外省来。"我答应了这一句，连忙走开。

"惯了。"神经刺激得麻木便是"惯了"。我一面走一面想。"他既觉得胆大，但是为什么不去救人？——也许怕那路上的狗罢？"

叫喊声，哭泣声，渐渐的近了，我急急的，急急的跑去。

"请救我们虎口残生的人，……请救我们无家可归的人……请救我们无父母兄弟妻女的人……你以外的人死尽时，你便没有社会了，你便不能生存了……死了一个人，你便少了一个帮手了，你便少了一个兄弟了……"许多人在远处凄惨的叫着，似向

我这面跑来，同时炮声，枪声，隆隆，砰砰的响着。

我急急的，急急的往前跑。

"吟！站住！"一个人从屋旁跳出来，拖住我的手臂。"前面流弹如雨，到处都戒严，你却还要乱跑！不要命吗？"他大声的说。

"很好，很好。"我挣扎着说。"不能救人，又不能自救，没有勇气杀人，又没有勇气自杀，咒诅着社会，又翻不过这世界，厌恨着生活，又跳不出这地球，还是去求流弹的怜悯，给我幸福罢！……"

脱出手，我便飞也似的往前跑去。只听见那人"疯子！"一句话。

扑通一声，不提防，我忽然落在水中了。拚命挣扎，才伸出头来，却又沉了下去。水如箭一般的从四面八方射入我的口，鼻，眼睛，耳朵里……

"醒醒罢，醒醒罢！"有谁敲着我的纸窗，愤怒似的说。

"呵，呵，——谁呀？"我矇胧的问，揉一揉睡眼。

黑沉沉的看不见一点什么，从帐中望出去。没有人回答我，只听见呼呼的过了一阵风。随后便是窗外萧萧的落叶声。

"又是梦，又是梦！……"我咒诅说。

秋雨的诉苦

"啊，秋雨哭了，秋雨大哭了！有什么悲哀在你的心中吗？有什么痛苦在你的灵魂里吗？告诉我，亲爱的，你有了什么事情了？"听见了秋雨的淅沥淅沥的悲伤的哭泣，我在床上朦胧地问。

"我原是在高大的天上飘游着的，我原是在广阔的天上飘游着的，"秋雨用颤动的声音，忧郁的回答说，"那里有许多为我所爱的朋友，那里有许多爱我的朋友，他们的心系住了我的心，我的心混和了他们的心。我们由来的地方各不相同，但我们却和恋人般的共同生活着。我们的中间向来没有发生过什么争斗，也没有谁知道争斗是什么。用坚强的臂膀，我们互相拥抱着，用热烈的嘴唇，我们互相亲吻着。我们的父亲，统治着天国的，是自由，他永不曾阻碍过我们，我们要到那里去，就到那里去。我们的母亲，养育我们的，是美，她每天每分钟给我们穿着各色的衣衫……那时在我的心中的满是欢乐，在我的灵魂里的毫无痛苦……

"但是，昨夜灾难落在我们的头上了，风发狂似的吹了起来，我们为严寒所迫，一起凝冻着，不息的往地上落下来了……

"地太小了，地太脏了，到处都黑暗，到处都讨厌。人人只知道爱金钱，不知道爱自由，也不知道爱美。你们人类的中间没有一点亲爱，只有仇恨。你们人类，夜间象猪一般的甜甜蜜蜜的睡着，白天象狗一般的争斗着，撕打着……

"这样的世界，我看得惯吗？我为什么不应该哭呢？在野蛮的世界上，让野兽们去生活着罢，但是我不，我们不……唔，我现在要离开这世界，到地底去了……"

说了这话，秋雨便淅沥淅沥的响着，仿佛往地下钻了进去。

我羞惭地用被盖住了面孔，随后又象猪一般的极甜蜜的睡熟了。

狗

　　"我们的学校明天放假，爱罗先珂君请你明晨八时到他那里，一同往西山去玩。"一位和爱罗先珂君同住的朋友来告诉我说。

　　"好极了，好极了！"我喜欢得跳了起来，两只手如鼓槌似的乱敲着桌子。

　　同房的两位朋友见我那种样子，哈哈的大笑了。

　　住在北京城里，只是整天的吃灰沙，纵使有鲜花一般的灵魂的人也得憔悴了。

　　到马路上去，不用说；大风起时，院子内一畚箕一畚箕扫不尽的黄沙也不算希奇；可是没有什么风时关着门，房内桌上的灰也会渐渐的厚起来，这又怎么说呢？

　　北京城里有几条河，都如沟一样的大，而且臭不堪闻。有几个池多关在皇宫里，我不知道他们为什么叫那些池为"海"，或许想聊以自慰罢。所谓后海，现在已种了东西。

　　北京城里也有几个小山，但是都被锁在皇宫里。

　　这样苦恼的地方，竟将我飘流的人留住了四五年。我若是不曾见过江南的风景倒也罢了，却偏偏又是生长在江南。

　　许多朋友都羡慕我，说我在北京读了这许久书，却不知道我肚里都是灰。

西山离城三十余里，是一座有名的山，到过北京的人，大概都要去游几次。只有我这倒霉的人，一听人家谈起西山就红了脸。

来去的用费原化不了多少，然而"钱"大哥不听我的命令，实在也是无可奈何的事情。

扑满虽曾买过几次，但总是不出半月就碎了。

从高柜子上换得的几千钱，也屡屡不能在衣袋中过夜。

不幸，住在北京四五年，竟不曾去过一次。这次爱罗先珂君愿意尽地主之谊，——这是照例如此的——还不喜欢吗？

和爱罗先珂君同住的朋友走后，我就急忙预备我的东西。从洗衣作里取回了一身衬衣，从抽斗角里找出了一本久已弃置的抄写簿，削尖了一只短短的铅笔，从朋友处借来了一只金黄色的热水瓶。

晚饭只吃了一碗，因为我希望黑夜早点上来。

约莫八点钟，我就不耐烦的躺在床上等候睡神了。

"时间"是我们少年人的仇敌。越望它慢一点来，好让我们少长一根胡髭，它却越来得迅速，比闪电还迅速；越希望它快一点来，好让我们早接一个甜蜜的吻，它却越来得迟缓，比骆驼还迟缓。

"天亮了吗？天亮了吗？"我时时朦胧的问，然而仔细一看，只是窗外的星和挂在墙上的热水瓶的光。

"亮了！亮了！……"窗外的雀儿叫了起来。我穿了衣，下了床，东方才发白，不敢惊动同房的朋友，只轻轻的开了门走到院中。

天空浅灰色，西北角上浮着几颗失光的星。隔墙的柳条儿静静的飘荡着，一切都还在酣睡中，只有三五只小雀儿唱着悦耳的晨歌，打破了沉寂。我静静的站着，吸着新鲜的空气，脑中充满了无限的希望，浑身沐在欢乐之中了。天空渐渐变成淡白的——白的——浅红的——红的——玫瑰色的颜色。雀儿的歌声渐渐高了起来，各处都和奏着。巷外的车声和脚步声渐渐繁杂起来。一忽儿，柳梢上首先吻到了一线金色的曙光，和奏中加入了鹊儿的清脆的歌声。巷内的人家都砰砰的开了门，我的旅馆的茶房也咳嗽着开了大门。

我回到房中，那两位朋友还呼呼的酣睡着。开了窗子，在桌旁坐下，看着他们沉醉似的微笑的脸，我暗暗的想道：

"西山也有如梦一般的甜蜜吗？"

一会儿，茶房送了脸水来。我洗过脸，挂上热水瓶，带了簿子和铅笔要走了。回过头去一看，那两位朋友依然呼呼的酣睡着，看着他们沉醉似的微笑的脸，我对他们低低的吟道：

"静静的睡着罢，亲爱的朋友们。梦中如有可爱的人儿，就不必回来了。"

太阳已将世界照得灿烂，微风摇曳着地上的柳影，我慢慢儿的踏了过去。

在路旁的小店里，我买了几个烧饼，一面咬着，一面含糊的唱着歌，仰着头呆看那天上的彩云，脚步极其缓慢的移动着。今天出门早，早到爱罗先珂君处也须等待，所以走得特别的慢。

然而事实并不这样，这极长极长的路，却不知不觉的一会儿

就走完了。

爱罗先珂君平日在家时都是赤着脚，今天也是赤着脚的躺在床上和一个朋友谈话。他握着我的手问我为什么来得这样早，我说我的灵魂还要早呢，它昨夜已到了西山了。他微微的一笑，将我的手紧紧的捏了一捏。

我们三人吃了一点饼干，谈了一会，就陆续来了几位朋友。要动身时凑巧又来了一个日本的记者，谈论许久，说是爱罗先珂君将离开中国，要照一个相。照相后，我们方才动身。去的人一起十二个，……我们随身带去一点橘子，糕饼等物。

出了西直门，我们分两路走。坐洋车的往大路，骑驴子的往小路。我和爱罗先珂君都喜欢骑驴子。

那时正是植树节，又逢晴天，我们曲曲折折的在田间小路上走，享受不尽春日的野景。有些人唱着日本歌，有些人唱着世界语歌，有些人唱着中国歌。我的驴子比谁的都快，只要我"得而……"一喝，拉紧缰绳，它就飞也似的往前疾驰。只是别的驴子多不肯跟着上来，它们都走得慢，以致我累次不耐烦的在前面等。有一次，我的驴子在路旁等它们，让它们往前走，不知何故，忽然那些驴子都疾驰起来。我很奇怪，将自己的驴子跟在别一匹驴子后一试，也多是这样。后来我仔细一看，原来我的驴子要咬别的驴子的屁股，别的怕了起来，所以疾驰了。于是我发明了一种方法，等大家鞭不快驴子时，我就挽转缰绳跑了回去，跟在后面。这样一来，大家就走得快了。

"为什么它们不怕鞭子，只怕你呀？"爱罗先珂君惊异的问我。

"因为我的驴子是雄的，你们的驴子是雌的呀！"我回答说。

大家都笑了。

西山原不很远，我们出城门时早已望见，但是仿佛有谁妒忌我们似的，任我们如何走得快，他只是将西山暗暗的往远处移去。我很燥急，爱罗先珂君也时时问我远近。确实的里数我不知道，我便问驴夫。

离山不远时，路上的石子渐渐多了起来，最后便满路上都是。那些灰白色的石子重重的堆盖着，高高低低，不曾砌入泥中，与普通的石子路完全不同。驴子的脚踏下去，石子就往四面移动。在这一条路上，真是"英雄无用武之地"，我的驴子虽有"千里之材"，也不能在这里施展，一不小心，就是颠蹶。大家只好叹一口气，无可奈何的慢慢儿走。驴蹄落在石子上，发出轧轧的声音。我觉得我是坐在骆驼上。

这时离山已很近，山上青苍的丛林，孤雅的茅亭，黄色的寺院，以及山脚下的屋子都渐渐在我们眼前清楚起来。喜悦从我的心底涌了上来，我时时喊着："到了！到了！"爱罗先珂君的眉毛飞舞着，他似乎比我还喜欢。大家望着山景，手指着东，指着西，谈那风景。

我仿佛得了胜利似的，在他们的前面走。

忽然，一阵低低的呜咽声激动了我的耳鼓。我朝前一看，有一个衣服褴褛的妇人坐在路的右边哭泣。她的头发蓬乱，脸色又黑又黄，消瘦得很，约莫四十余岁。她坐在路外斜地上，下面是一条一丈许深的干了的沟。她拉着草坐着，似要倒下去的一般。

哭泣声很低微，无力似的低微。

"游览的地方，多有这种乞丐。"我略略一想，就昂着头过去了。

"先生！先生！"爱罗先珂君在后面喝了起来。

我仍然往前走着，只回过头来问他什么。

"什么人在路旁哭呀！王先生？"他说着已经经过了那妇人的面前。

"是一个妇人。"我说。

"她为什么哭着？如何模样的人呢？"

"或许是要钱罢，穷人。"我说着仍昂然的往前走。

爱罗先珂君是在我后面的第四人，他的前面是一个朝鲜人。他用日本话问那朝鲜人，朝鲜人也用日本话回答他，似乎在将那妇人的模样描写给他听。

"王先生！你为什么不下去问问她呀？"爱罗先珂君忿然的问我。这时离那妇人已很远了。

我没有回答。我觉得这没有问的必要。在游览的地方，我曾看见过许多没有手和脚的乞丐，他们都是用这种方法讨钱。

"你为什么不下去问问她呢，王先生？你为什么不给她一点钱呢？"爱罗先珂君接连的问我。

乞丐不来扯我的驴子，我却下去问她？平日乞丐扯着我的车子跟了来，我总是摇一摇头。多跟了一程，我就圆睁着眼，暴怒似的大声的说："没有！"向来不肯说"滚！"这已是很慈悲的了，今天却要我下去问她？——但是我想不出一句话回答爱罗先珂君。

我一摸口袋，袋中有六七元的铜子票。爱罗先珂君出来时共带了十二三元，在路上都换了铜子票，一半交给了坐车去的，一半交给了我，我想回转去给她一点钱，但回头一看，已距离得很远，便仍往前走了。

爱罗先珂君知道我没有什么话可以回答，很忿怒的在后面和朝鲜的朋友谈着。

我听见那忿怒的声音，渐渐不安起来。我知道自己错了。

到了山脚下，我们都下了驴子。我握着爱罗先珂君的右手，那位朝鲜的朋友握着他的左手，在宽阔的山路上走。

"你为什么不下去问她呢，王先生？"他依然忿怒的问我，皱了眉毛。

我浑身不安起来，脸上火一般的发烧，依然没有话可以回答，只低下了头。

"在我们俄国，或日本，"他忿怒的继续着说，"谁一见这种不幸的人时，谁就将她扶了回去。在这里，你却经过她面前时，如狗似的安然走了过去！……"

狗，我真是一只狗！我从良心里看见了我所做的事情，我承认他所说的，我真是一只狗！我恨不得立刻钻入地下！……

我如落在油锅中，沸滚的油煎着我。我羞耻，我恨不得立刻死了！……

西山有如何的好玩，我不知道。在山间，我们曾喝过溪水，但是在水中，我照见了我自己是一只狗；在岩石上我曾躺了一会，但是我觉得我那种躺着的样子与别的狗完全一样。在山上吃蛋时，我曾和爱罗先珂君敲着蛋尖，赌过胜负；在半山里，我们曾猜过石子；但是我同时都觉得不配和他，和其余的人玩耍。

的确，我经过她面前时，我是如狗似的安然走了过去！

我时时刻刻觉得我自己是一只狗，是一只真的狗！我觉得不配握爱罗先珂君的手，不配握一切的人的手！我羞耻，我无面目！……

在夜间，我是夜夜有梦；白天，我觉得也是一样的继续不断的做着梦。这梦似乎很长很慢，永没有完结的一般；但同时又觉得很短很快，立刻就会完结的一般。和爱罗先珂君游西山去的时候，正是植树节，一转瞬间现在又将到植树节了。爱罗先珂君离开北京是在去年植树节后不久的某一晚间，那时大雨正倾盆的下着。在这一年中我曾经发了好几次的誓，再不做这样无耻的事了，但是，现在还是时常的犯罪，而且没有人骂我，骂我爱我的爱罗先珂君不在这里了。

晚间的大雨常常在这里倾盆的下着，爱罗先珂君还不回来，莫非我永久要在这里做狗了吗？……

灯

　　我愤怒的躺在母亲的怀中。母亲紧紧的搂着我，呜咽的哭泣着。她的泪纷纷的落在我的颈上，我只是愤怒的躺着。

　　"你不生我不会吗，母亲？"我怨忿的问。

　　母亲没有回答。母亲的脸色极其苍白。

　　我愤怒的伸出右手，竭力的撕我胸上的衣服。

　　"为了母亲，孩子……"母亲按住我的手，呜咽的说。

　　"咳咳，……"我哭了。

　　风凄凄的摇荡着窗外的枇杷树，雨萧萧的滴在我的心上。母亲的脸色是那样的苍白。我悲苦的挽住了她的颈，她的颈如柴一般的消瘦。

　　"让我死了罢，母亲……"我哭着说，紧紧的挽着她的颈。

　　"不能，不能，孩子，我的孩子……"她的泪纷纷的落在我的脸上。

　　灯光暗淡的照着她的头发，她的头发如丝一般的乱，如霜一般的白。

　　静寂，静寂。世界上除了我和母亲外，没有一个人影，除了风和雨的哭声外，没有半点响声。

　　"罢了，罢了，母亲。我还你这颗心，我还你这颗心！你生我时不该给我这颗心，这在世界上没有用处！"说着，我用两手竭力的撕我胸上的衣服，怨忿而且悲伤。

"啊，孩子！……"母亲号啕的哭了。她紧紧的按住了我的手，我竭力的挣扎着。

风凄凄的摇荡着窗外的枇杷树，雨萧萧的滴在我的心上。灯光暗淡的照着母亲的头发，母亲的头发如丝一般的乱，如霜一般的白，母亲的泪如潮一般的流着。我抱住她的消瘦的颈，也号啕的大哭了。

有一滴泪，从母亲的眼中落了下来，滴在我的眼上，和我的泪融合在一处，渐渐的汇成了一道河。

我溯着河流走去，进了母亲的眼帘，一直到了母亲的心坎上。

在那里，我看见母亲的心萎枯了。

"母亲，为了你的孩子，你将你自己的心枯萎了。然而你分给你孩子的那颗心，在世界上只是受人家的咒诅，不曾受人家的祝福，只能增加你孩子的悲哀，不能增加你孩子的欢乐。现在，取出来还了你罢，母亲！"我哭着说，跪倒在母亲的心旁。解开胸衣，用指甲划开胸皮，我伸手进去从自己的腔中挖出一颗鲜血淋淋的心，放在母亲的心上。母亲的心和我的心合成一个，热血沸腾了。

我急忙合上自己的胸皮，扣了胸衣。匆匆的离开了母亲的心，出了母亲的眼帘，由原路回到了母亲的膝上。

母亲不知道。

"母亲，我不再灰心了，我愿意做'人'了。"我拭着眼泪对母亲说。

母亲微笑了。母亲的心中充满了无限的欢乐，母亲的眼前露出了无限的希望。

只有灯，只有站在壁上的灯，它知道我在母亲心中所做的什么，不忍见那微笑，渐渐的惨淡了下去……

雪

美丽的雪花飞舞起来了。我已经有三年不曾见着它。

去年在福建，仿佛比现在更迟一点，也曾见过雪。但那是远处山顶的积雪，可不是飞舞着的雪花。在平原上，它只是偶然的随着雨点洒下来几颗，没有落到地面的时候。它的颜色是灰的，不是白色；它的重量象是雨点，并不会飞舞。一到地面，它立刻融成了水，没有痕迹，也未尝跳跃，也未尝发出悉率的声音，象江浙一带下雪子时的模样。这样的雪，在四十年来第一次看见它的老年的福建人，诚然能感到特别的意味，谈得津津有味，但在我，却总觉得索然。"福建下过雪"，我可没有这样想过。

我喜欢眼前飞舞着的上海的雪花。它才是"雪白"的白色，也才是花一样的美丽。它好象比空气还轻，并不从半空里落下来，而是被空气从地面卷起来的。然而它又象是活的生物，象夏天黄昏时候的成群的蚊蚋，象春天流蜜时期的蜜蜂，它的忙碌的飞翔，或上或下，或快或慢，或粘着人身，或拥入窗隙，仿佛自有它自己的意志和目的。它静默无声。但在它飞舞的时候，我们似乎听见了千百万人马的呼号和脚步声，大海的汹涌的波涛声，森林的狂吼声，有时又似乎听见了情人的切切的密语声，礼拜堂的平静的晚祷声，花园里的欢乐的鸟歌声……它所带来的是阴沉与严寒。但在它的飞舞的姿态中，我们看见了慈善的母亲，柔和的情人，活泼的孩子，微笑的花，和暖的太阳，静默的晚霞……它没有气息。但当它扑到我们面上的时候，我们似乎闻到了旷野间鲜洁的空气的气息，山谷中幽雅的兰花的气息　花园里沉浓的玫瑰的气息，清淡的茉莉花的气息……在白天，它做出千百种婀娜的姿态；夜间，它发出银色的光辉，照耀着我们行路的人，又在我们的玻璃窗上札札地绘就了各式各样的花卉和树木，斜的，直的，弯的，倒的。还有那河流，那天上的云……

现在，美丽的雪花飞舞了。我喜欢。我已经有三年不曾见着它。我的喜欢有如四十年来第一次看见它的老年的福建人。但是，和老年的福建人一样，我回想着过去下雪时候的生活，现在的喜悦就象这钻进窗隙落到我桌上的雪花似的，渐渐融化，而且立刻消失了。

记得某一年在北京，一个朋友的寓所，围着火炉，煮着全中国最好的白菜和面，喝着酒，剥着花生，谈笑得几乎忘记了身在异乡；吃得满面通红，两个人一路唱着，一路踏着吱吱地叫着的雪，踉跄地从东长安街的起头踱到西长安街的尽头，又忘记了正是异乡最寒冷的时候。这样的生活，和今天的一比，不禁使我感到惘然。上海的朋友们都象是工厂里的机器，忙碌得没有一刻休息；而在下雪的今天，他们又叫我一个人看守着永不会有人或电话来问讯的房子。这是多么孤单，寂寞，乏味的生活呵。

"没有意思！"我听见过去的我对今天的我这样说了。正象我在福建的时候，对四十年来第一次看见雪的老年的福建人所说的一样。

　　但是，另一个我出现了。他是足以对着过去的北京的我射出骄傲的眼光来的我。这个我，某年在南京下雪的时候，曾经有过更快活的生活。雪落得很厚，盖住了一切的田野和道路。我和我的爱人在一片荒野中走着。我们辨别不出路径来，也并没有终止的目的。我们只让我们的脚欢喜怎样就怎样。我们的脚常常欢喜踏在最深的沟里。我们未尝感到这是旷野，这是下雪的时节。我们仿佛是在花园里，路是平坦的，而且是柔软的。我们未尝觉得一点寒冷，因为我们的心是热的。

　　"没有意思！"我听见在南京的我对在北京的我这样说了。正象在北京的我对着今天的我所说的一样，也正象在福建的我对着四十年来第一次看见雪的老年的福建人所说的一样。

　　然而，我还有一个更可骄傲的我在呢。这个我，是有过更快乐的生活的，在故乡。冬天的早晨，当我从被窝里伸出头来，感觉到特别的寒冷，隔着蚊帐望见天窗特别的阴暗，我就首先知道外面下了雪了。"雪落啦白洋洋，老虎拖娘娘，……"这是我躺在被窝里反复地唱着的欢迎雪的歌。别的早晨，照例是母亲和姊姊先起床，等她们煮熟了饭，拿了火炉来，代我烘暖了衣裤鞋袜，才肯钻出被窝，但在下雪天，我有了最大的勇气。我不需要火炉。雪就是我的火炉。我把它捻成了团，捧着，丢着。我把它堆成了一个和尚，在它的口里，插上一支香烟。我把它当做糖，放在口里。地上的厚的积雪，是我的地毯，我在它上面打着滚，翻着筋斗。它在我的底下发出嗤嗤的笑声，我在它上面哈哈的回答着。我的心是和它合一的。我和它一样的柔和，和它一样的洁白。我同它到处跳跃，我同它到处飞跑着。我站在屋外，愿意它把我自己造成一个雪和尚。我躺在地上，愿意它象母亲似的在我身上盖下柔软的美丽的被窝。我愿意随着它在空中飞舞。我愿意随着它骑在人的肩上。我愿意雪就是我，我就是雪。我年青。我有勇气。我有最宝贵的生命的力。我不知道忧虑，不知道苦恼和悲哀……

"没有意思！你这老年人！"我听见幼年的我对着过去的那些我这样说了。正如过去的那些我骄傲地对别个所说的一样。

不错，一切的雪天的生活和幼年的雪天的生活一比，过去的和现在的喜悦是象这钻进窗隙落到我桌上的雪花一样，渐渐融化，而且立刻消失了。

然而，对着这时穿着一袭破单衣，站在屋角里发抖的或竟至于僵死在雪地上的穷人，则我的幼年时候快乐的雪天生活的意义，又如何呢？这个他对着这个我，不也在说着"没有意思！"的话吗？

而这个死有完肤的他，对着这时正在零度以下的长城下，捧着冻结了的机关枪，即将被炮弹打成雪片似的兵士，则其意义又将怎样呢？"没有意思！"这句话，该是谁说呢？

天呵，我不能再想了。人间的欢乐无平衡，人间的苦恼亦无边限。世界无终极之点，人类亦无末日之时。我既生为今日的我，为什么要追求或留恋今日的我以外的我呢？今日的我，虽说是寂寞地孤单地看守着永没有人或电话来问讯的房子，但既可以安逸地躲在房子里烤着火，避免风雪的寒冷；又可以隔着玻璃，诗人一般的静默地鉴赏着雪花飞舞的美的世界，不也是足以自满的我吗？

抓住现实。只有现实是最宝贵的。

眼前雪花飞舞着的世界，就是最现实的现实。

看呵！美丽的雪花飞舞着呢。这就是我三年来相思着而不能见到的雪花。

我们的太平洋

倘若我问你："你喜欢西湖吗？"你一定回答说："是的，我非常喜欢！"

但是，倘若我问你说："你喜欢后湖吗？"你一定摇一摇头说："那里比得上西湖！"或者，你竟露着奇异的眼光，反问我说："那一个后湖呀？"

哦，我所说的是南京的后湖，它又叫做玄武湖。

倘若你以前到过南京，你一定知道这个又叫做玄武湖的后湖。倘若你近来住在南京或到过南京，你一定知道它又改了名字了。它现在叫做五洲公园了，是不是？

但是，说你喜欢，我不能够代你确定的答复，如其说你喜欢后湖比喜欢西湖更甚，那我简直想也不敢这样想了，自然，你一定更喜欢西湖的。

然而，我自己却和你相反。我更喜欢后湖。你要用西湖的山水名胜来和我所喜欢的后湖比较，你是徒然的。我是不注意这些。我可以给你满意的答复："后湖并不象西湖那样的秀丽。"而且我还敢保证你说："你更喜欢西湖，是完全对的。"但我这样的说法，可并不取消我自己的喜欢。我自己，还是更喜欢后湖的。

后湖的一边有一座紫金山，你一定知道。它很高。它没有生产什么树木。它只是一座裸秃的山，一座没有春夏的山。没有什么山洞，也没有什么蹊径。它这里的云雾没有象在西湖的那么神秘奇妙，不能引起你的甜美的幻梦。它能给你的常是寂寞与悲凉，浩歌与哀悼。但是，这样也就很好了，我觉得。它虽没有西湖的秀丽，它可有它的雄壮。

后湖的又一边有一座城墙，你也一定知道。这是西湖所没有的。在游人这一点上来比较，有点象西湖的苏堤。但是它没有妩媚的红桃绿柳的映衬。它是一座废堞残垣的古城。它不能给青年男女黄金一般的迷梦。你到了那里，就好象热情之神Apollo到了雅典的卫城上，发觉了潜伏在幸福背后的悲哀。我觉得，这样更好。她能使你味澈到人生的真谛。

但是我喜欢后湖，还不在这里。我对它的喜欢的开始，这不是在最近。那已是十年以前的事了。

十年以前，我曾在南京住了将近半年。如同我喜欢吃多量的醋——你可不要取笑我——拌干丝一样，我几乎是常常到后湖去的。我很少独自去的时候，常有很多的同伴。有时，一只船容不下，便分开在两只船里。

第一个使我喜欢后湖的原因，是在同伴。他们都和我一样年青，活泼得有点类于疯狂的放荡。大家还不曾肩上生活的重担，只知道快乐。只有其中的一位广东朋友，常去拜访爱人被取笑"割草"的，和我已经负上了人的生活的担子的，比较有点忧郁；但是实际上还是非常的轻微，它象是浮云一样，最容易被微风吹开。这几个有着十足的天真的青年凑在一起，有说有笑，有叫有唱，常常到后湖去，于是后湖便被我喜欢了。

第二个原因，是在船。它是一种平常的朴素的小渔船，没有修饰，老老实实的破着，漏的漏着。船中偶然放着一二个乡人用的小竹椅或破板凳，我们须分坐在船头和船栏上。没有篷，使我们容易接受阳光或风雨，船里有四支桨，一支篙。船夫并不拘束我们，不需要他时他可以留岸上。我是从小在故乡的河里，瞒着母亲弄惯了船的，我当然非常高兴拿着一支桨坐在船尾，替代了船夫。船既由我们自己弄，于是要纵要横，要搁浅要抛锚，要靠岸要随风飘荡，一切都可以随便了。这样，船既朴素得可爱，又玩得自由，后湖便更被我喜欢了。

第三个原因是湖中的茭儿菜与荷花。当它们最茂盛的时候，很多地方几乎只有一线狭窄的船路。船从中间驶了去，沙沙地挤动着两边的枝叶，闻到清鲜的香气，时时受到叶上的水滴的袭击。它们高高地遮住了我们的视线，迷住了我们的方向，柳暗花明地常常觉得前面是绝径了，又豁然开朗的展开一条路来。当它们枯萎到水面水下的时候，我们的船常常遇到搁浅，经过一番努力，又荡漾在无阻碍的所在。有时，四五个人合着力，故意往搁浅的所在驶了去，你撑篙，我扯草根，想探出一条路来。我们的精力正是最充足的时候，我们并不惋惜几小时的徒然的探险。这样，湖中有了茭儿菜与荷花，使我们趣味横生，我自然愈加喜欢后湖了。

第四，是后湖的水闸。靠了船，爬到城墙根，水闸的上面有一个可怕的阴暗的深洞。从另一条路走到水闸边，看见了迸发的瀑布。我们在这里大声唱了起来，宛如歌唱家对着海的洪涛练习喉音一样。洁白的瀑布诱惑着我们脱去鞋袜,走去受洗礼,随后还逼我们到湖中去洗浴游泳,倘若天气暖热的话。在这里,我们的精力完全随着欢乐消耗尽了。这又是我更喜欢后湖的一个原因。

第五,最后而又最大的使我喜欢后湖的原因了。那就是,我们的太平洋。太平洋,原来被我们发现在后湖里了。这是被我们中间的一个同伴,一个诗人兼哲学家的同伴,所首先发现,所提议而加衔的。它的区域就在离开水闸不远起,到对面的洲的末尾的近处止。这里是一个最宽广的所在,也是湖水最深的所在。后湖里几乎到处都有茭菜与荷花或水草,只有这里是一年四季露着汪洋的一片的。这里的太阳显得特别强烈,风也显得特别大。显然的,这里的气候也俨然不同了。我们中间没有一个人反对这"太平洋"新名字。我们都的确觉得到了真正的太平洋了。梦呵!我们已经占据了半个地球了!我们已经很疲乏,我们现在要在太平洋里休息了。任你把我们飘到地球的那一角去吧,太平洋上的风!我们丢了桨,躺在船上,仰望着空间的浮云,不复注意到时间的流动。我们把脚拖在太平洋里,听着默默的波声,呼吸着最清新的空气。我们暂时的静默了。我们已经和大自然融合在一起。还有什么比太平洋更可爱,更伟大呢?而我们是,每次每次在那里飘漾着,在那里梦想着未来,在那里观望着宇宙间的幻变,在那里倾听着地球的转动,在那里消磨着幸福的青春。我们完全占有了太平洋了……

够了,我不再说到洲上的樱桃,也不再说到翻船的朋友那些事,是怎样怎样的有趣,我只举出了上面的五点。你说西湖比后湖好，你可能说后湖所有的这几点，西湖也有？尤其是，我们的太平洋？

或者你要说，几十年以前，西湖的船，西湖的水草，西湖的水，都和我说的相仿佛，和我所喜欢的后湖一样朴素，一样自然。但是，我告诉你，我没有亲自看见过。当我离开南京后两年光景，当我看见西湖的时候，西湖已经是粉饰华丽得不象一个处女似的西子了。

"就是后湖，也已经大大的改变，不象你所说的十年前的可爱了。"你一定会这样的说的，是不是？

那是我承认的。几年前我已经看见它改变了许多了。

后湖的船已经变得十分的华丽，水闸已经不通，马路已经展开在洲上。它的名字也已经换做五洲公园了。

尤其是，我的同伴已经散失了：我们中间最有天才的画家已经睡在地下，诗人兼哲学家流落在极远的边疆，拖木屐的朋友在南海入了赘，"割草"的工人和在后湖里栽跟斗的莽汉等等都已不晓得行踪和存亡了。我呢，在生活的重担下磨炼着，已经将要老了。倘若我的年青时代的同伴再能集合起来，我相信每个人的额上已经刻下了很深的创痕，而天真和快乐，也一定不复存在了。

然而，只要我活着，即使我们的太平洋填成了大陆，甚至整个的后湖变成了大陆，我还是喜欢后湖的。因为我活着的时候，我不会忘记我们的太平洋。

你说你更喜欢西湖。

我说我更喜欢后湖。

你喜欢你的西湖，我喜欢我的后湖就是。

你说西湖最好。

我说后湖最好。

你说你的，我说我的。

天下事，原来喜欢的都是好的，从没有好的都使人喜欢。

你说是吗？

父亲的玳瑁

在墙脚跟刷然溜过的那黑猫的影，又触动了我对于父亲的玳瑁的怀念。

净洁的白毛的中间，夹杂些淡黄的云霞似的柔毛，恰如透明的妇人的玳瑁首饰的那种猫儿，是被称为"玳瑁猫"的。我们家里的猫儿正是那一类，父亲就给了它"玳瑁"这个名字。

在近来的这一匹玳瑁之前，我们还曾有过另外的一匹。它有着同样的颜色，得到了同样的名字，同是从我姊姊的家里带来，一样地为我们所爱。

但那是我不幸的妹妹的玳瑁，它曾经和她盘桓了十二年的岁月。

而现在的这一匹，是属于父亲的。

它什么时候来到我们家里，我不很清楚，据说大约已有三年光景了。父亲给我的信，从来不曾提到过它。在他的理智中，仿佛以为玳瑁毕竟是一匹小小的兽，比不上任何的家事，足以通知我似的。

但当我去年回到家里的时候，我看到了父亲和玳瑁的感情了。

每当厨房的碗筷一搬动，父亲在后房餐桌边坐下的时候，玳瑅便在门外"咪咪"的叫了起来。这叫声是只有两三声，从不多叫的。它仿佛在问父亲，可不可以进来似的。

于是父亲就说了，完全象对什么人说话一样：

"玳瑅，这里来！"

我初到的几天，家里突然增多了四个人，在玳瑅似乎感觉到热闹与生疏的恐惧，常不肯即刻进来。

"来吧，玳瑅！"父亲望着门外，不见它进来，又说了。

但是玳瑅只回答了两声"咪咪"，仍在门外徘徊着。

"小孩一样，看见生疏的人，就怕进来了。"父亲笑着对我们说。

但是过了一会，玳瑅在大家的不注意中，已经跃上了父亲的膝上。

"哪，在这里了。"父亲说。

我们弯过头去看，它伏在父亲的膝上，睁着略带惧怯的眼望着我们，仿佛预备逃遁似的。

父亲立刻理会出它的感觉，用手抚摩着它的颈背，说："困着吧，玳瑅。"一面他又转过来对我们说："不要多看它，它象姑娘一样的呢。"

我们吃着饭，玳瑅从不跳到桌上来，只是静静地伏在父亲的膝上。有时鱼腥的气息引诱了它，它便偶尔伸出半个头来望了一望，又立刻缩了回去。它的脚不肯触着桌子。这是它的规矩，父亲告诉我们说，向来是这样的。

父亲吃完饭，站起来的时候，玳瑅便先走出门外去。它知道父亲要到厨房里去给它备饭了。那是真的。父亲从来不曾忘记过，他自己一吃完饭，便去添饭给玳瑁的。玳瑁的饭每次都有鱼或鱼汤拌着。父亲自己这几年来对于鱼的滋味据说有点厌了，但即使自己不吃，他总是每次上街去，给玳瑁带了一些鱼来，而且给它储存着的。

白天，玳瑁常在储藏东西的楼上，不常到楼下的房子里来。但每当父亲有什么事情将要出去的时候，玳瑁象是在楼上看着的样子，便溜到父亲的身边，绕着父亲的脚转了几下，一直跟父亲到门边。父亲回来的时候，它又象是在什么地方远远望着，静静地倾听着的样子，待父亲一跨进门限，它又在父亲的脚边了。它并不时时刻刻跟着父亲，但父亲的一举一动，父亲的进出，它似乎时刻在那里留心着。

晚上，玳瑁睡在父亲的脚后的被上，陪伴着父亲。

我们回家后，父亲换了一个寝室。他现在睡到弄堂门外一间从来没有人去的房子里了。

玳瑁有两夜没有找到父亲，只在原地方走着，叫着。它第一夜跳到父亲的床上，发现睡着的是我们，便立刻跳了出去。

正是很冷的天气。父亲记念着玳瑁夜里受冷，说它恐怕不会想到他会搬到那样冷落的地方去的。而且晚上弄堂门又关得很早。

但是第三天的夜里，父亲一觉醒来，玳瑁已在床上睡着了，静静的，“咕咕”念着猫经。

半个月后，玳瑁对我也渐渐熟了。它不复躲避我。当它在父亲身边的时候，我伸出手去，轻轻抚摩着它的颈背。它伏着不动。然而它从不自己走近我。我叫它，它仍不来。就是母亲，她永久是和父亲在一起的，它也不肯走近她。父亲呢，只要叫一声"玳瑁"，甚至咳嗽一声，它便不晓得从什么地方溜出来了，而且绕着父亲的脚。

有两次，玳瑁到邻居去游走，忘记了吃饭。我们大家叫着"玳瑁，玳瑁"，东西寻找着，不见它回来。父亲却猜到它那里去了。他拿着玳瑁的饭碗走出门外，用筷子敲着，只喊了两声"玳瑁"，玳瑁便从很远的邻屋上走来了。

"你的声音象格外不同似的，"母亲对父亲说，"只叫两声，又不大，它便老远的听见了。"

"是哪，它只听我管的哩。"

对于寂寞地度着残年的老人，玳瑁所给与的是儿子和孙子的安慰，我觉得。

六月四日的早晨，我带着战栗的心重到家里，父亲只躺在床上远远地望了我一下，便疲倦地合上了眼皮。我悲苦地牵着他的手在我的面上抚摩着。他的手已经有点生硬，不复象往日柔和地抚摩玳瑁的颈背那么自然。据说在头一天的下午，玳瑁曾经跳上他的身边，悲鸣着，父亲还很自然的抚摩着它，亲密地叫着"玳瑁"。而我呢，已经迟了。

从这一天起，玳瑁便不再走进父亲的以及和父亲的相连的我们的房子。我们有好几天没有看见玳瑁的影子。我代替了父亲的工作，给玳瑁在厨房里备好鱼拌的饭，敲着碗，叫着"玳瑁"。玳瑁没有回答，也不出来。母亲说，这几天家里人多，闹得很，它该是躲在楼上怕出来的。于是我把饭碗一直送到楼上。然而玳瑁仍没有影子，过了一天，碗里的饭照样地摆在楼上，只饭粒干瘪了一些。

玳瑁正怀着孕，需要好的滋养。一想到这，大家更其焦虑了。

第五天早晨，母亲才发现给玳瑁在厨房预备着的另一只饭碗里的饭略略少了一些。大约它在没有人的夜里走进了厨房。它应该是非常的饥了。然而仍象吃不下的样子。

一星期后，家里的戚友渐渐少了。玳瑁仍不大肯露面。无论谁叫它，都不答应，偶然在楼梯上溜过的后影，显得憔悴而且瘦削，连那怀着孕的肚子也好象小了一些似的。

一天一天，家里愈加冷静了。满屋里主宰着静默的悲哀。一到晚上，人还没有睡，老鼠便吱吱叫着活动起来，甚至我们房间的楼上，也在叫着跑着。玳瑁是最会捕鼠的。当去年我们回家的时候，即使它跟着父亲睡在远一点的地方，我们的房间里也从没有听见过老鼠的声音，但现在玳瑁就睡在隔壁的楼上，也不过问了。我们毫不埋怨它。我们知道它所以这样的原因。

可怜的玳瑁。它不能再听到那熟识的亲密的声音，不能再得到那慈爱的抚摩，它是在怎样的悲伤呵！

三星期后，我们全家要离开故乡。大家预先就在商量，怎样把玳瑁带出来。但是离开预定的日子前一星期，玳瑁生了小孩了。我们看见它的肚子松瘪着。

怎样能够把它带出来呢？

然而为了玳瑁，我们还是不能不带它出来。我们家里的门将要全锁上。邻居们不会象我们似的爱它，而且大家全吃着素菜，不会舍得买鱼饲它。单看玳瑁的脾气，连对于母亲也是冷淡淡的，决不会喜欢别的邻居。

我们还是决定带它一道来上海。

它生了几个小孩，什么样子，放在那里，我们虽然极想知道，却不敢去惊动玳瑁。我们预定在饲玳瑁的时候，先捉到它，然后再寻觅它的小孩。因为这几天来，玳瑁在吃饭的时候，已经不大避人，捉到它应该是容易的。

但是两天后，我们的十几岁的外甥遏抑不住他的热情了。不知怎样，玳瑁的孩子们所在的地方先被他很容易的发见了。它们原来就在楼梯门口，一只半掩着的糠箱里。玳瑁和它的小孩们就住在这里，是谁也想不到的。外甥很喜欢，叫大家去看。玳瑁已经溜得远远的在惧怯地望着。

我们想，既然玳瑁已经知道我们发觉了它的小孩的住所，不如便先把它的小孩看守起来，因为这样，也可以引诱玳瑁的来到，否则它会把小孩衔到更没有人晓得的地方去的。

于是我们便做了一个更适安的窠，给它的小孩们，携进了以前的父亲的寝室，而且就在父亲的床边。

那里是四个小孩，白的，黑的，黄的，玳瑁的，还没有睁开眼睛。贴着压着，钻做一团，肥圆的。捉到它们的时候，偶然发出微弱的老鼠似的吱吱的鸣声。

"生了几只呀？"母亲问着。

"四只。"

"嗨，四只！怪不得！扛了你父亲的棺材，不要再扛我的呢！"母亲叹息着，不快活的说。

大家听着这话，愣住了。

"把它们丢出去！"外甥叫着说，但他同时却又喜悦地抚摩着玳瑁的小孩们，舍不得走开。

玳瑁现在在楼上寻觅了，它大声的叫着。

"玳瑁，这里来，在这里。"我们学着父亲仿佛对人说话似的叫着玳瑁说。

但是玳瑁象只懂得父亲的话，不能了解我们说什么。它在楼上寻觅着，在弄堂里寻觅着，在厨房里寻觅着，可不走进以前父亲天天夜里带着它睡觉的房子。我们有时故意作弄着它的小孩们，使它们发生微弱的鸣声。玳瑁仍象没有听见似的。

过了一会，玳瑁给我们女工捉住了。它似乎饿了，走到厨房去吃饭，却不防给她一手捉住了颈背的皮。

"快来！快来！捉住了！"她大声叫着。

我扯了早已预备好的绳圈，跑出去。

玳瑁大声的叫着，用力的挣扎着。待至我伸出手去，还没抱住玳瑁，女工的手一松，玳瑁溜走了。

它不再到厨房里去，只在楼上叫着，寻觅着。

几点钟后，我们只得把玳瑁的小孩们送回楼上。它们显然也和玳瑁似的在忍受着饥饿和痛苦。

玳瑁又静默了，不到十分钟，我们已看不见它的小孩们的影子。现在可不必再费气力，谁也不会知道它们的所在。

有一天一夜，玳瑁没有动过厨房里的饭。以后几天，它也只在夜里，待大家睡了以后到厨房里去。

我们还想设法带玳瑁出来，但是母亲说：

"随它去吧，这样有灵性的猫，那里会不晓得我们要离开这里。要出去，自然不会躲开的。你们看它，父亲过世以后，再也不忍走进那两间房里，并且几天没有吃饭，明明在非常的伤心。现在怕是还想在这里陪伴你们父亲的灵魂呢。它原是你父亲的。"

我们只好随玳瑁自己了。它显然比我们还舍不得父亲，舍不得父亲所住过的房子，走过的路以及手所抚摸过的一切。父亲的声音，父亲的形象，父亲的气息，应该都还深刻地萦绕在它的脑中。

可怜的玳瑁，它比我们还爱父亲！

然而玳瑁也太凄惨了。以后还有谁再象父亲似的按时给它好的食物，而且慈爱地抚摩着它，象对人说话似的一声声地叫它"玳瑁"呢？

离家的那天早晨，母亲曾经给它留下了许多给孩子吃的稀饭在厨房里。门虽然锁着，玳瑁应该仍然晓得走进去。邻居们也曾答应代我们给它饲料。然而又怎能和父亲在的时候相比呢？

现在距我们离家的时候又已一月多了。玳瑁应该很健康着，它的小孩们也该是很活泼可爱了吧？

我希望能再见到父亲的玳瑁。

因为只有玳瑁是和父亲的灵魂永久同在着的。

伴 侣

一九三二年的冬天，我们由福建回到了久别的故乡。

那时父亲还健在着。母亲正患着病。他们的年纪都早已超过了六十，所谓风烛之年，无时不在战栗着暴风雨的来到。我们的回家，给与他们的欣慰，真非言语所能形容。尤其是，他们还看见了一个从来不曾见面过的三岁的孙子。

"做人足心了！"

这话正象后来父亲弥留的时候，突然看见我到了他身边，所说的一样。

这便是最大的幸福了，在他们。

母亲病着。她的肥胖的，结实的身体，现在变得非常消瘦而衰弱了。然而仗着往年坚强的筋骨和劳苦的习惯，她仍勉强地在管理日常家务，不肯躺在床上。

我们一进门，母亲便特别忙碌起来，仿佛她没有一点病似的。她拿出来许多专门为孙子储藏着的糕饼和糖果，又做许多点心。

父亲只是往远近的街上跑。大冷天，不肯穿皮衣。又要买好吃的东西，又要买好玩的东西。

"唐哥！唐哥！"

他们不息的叫着，这亲切的名字，他们应该早已暗暗的叫过千万遍，而现在才愉快地对着面叫出来了。

然而唐哥不懂得老人的心，整日在地上跑着，跳着，爬着玩，疲乏时只依靠到自己的父亲和母亲身边。他需要食物时，才去找到祖父和祖母；待东西一到手，又自己去玩了。

唐哥是一个不安静的孩子。手脚特别生得有力，喜欢爬上椅，爬上桌。大家给他捏一把汗，他却笑嘻嘻的得意非常。一刻没有注意他，他已经溜出大门外，在河边丢掷石子了。看见一只狗，一只鸡，他便拖着棍子或扫帚追了出去。说是三岁，实际上他还只有两岁半。他的脚步是小的，虽然有力，跑得快的时候，依然象球在那里滚着的一样，使人担心。

到家没有几天，他身上已经碰破了好几处。然而他不爱哭，哼几下，对碰痛他的东西打了几拳，满足了报复的心，便忘记了。谁要是给他不快活，他也伸出小小的拳头。

他安静的时候，是在每天的晚上。灯一点上，他便捧出他的红绿的积木来，在桌上叠着，摆着。摆成长的，他叫做船或火车，呜呜地叫着；摆成高的，他叫做门或房子。他认为已经摆成一种东西的时候，便立刻把它推翻，从新摆出一种别的花样。这样的反复着，一直会继续上一二个钟头，直至疲倦到了他的眼里。

"日里也能这样的安静，就不必给他担心了。"父亲和母亲都这样说。

然而在白天，他绝不肯搬弄一下他的任何玩具。不是在房子里爬上爬下拿东西，便跑往门外去。我们现在住的是一幢孤零的屋，没有几家邻居。这几家邻居中只有一个六七岁的小女孩。她的家长管束得很严，不常让她出来。唐哥在家里可以说完全没有伴侣。因此住了不久，他显得很野了。他只是往门外的田边或河边去找趣味。那些地方可以常常看见鸡鸭或船只的来往。天气虽然冷，他穿着一身笨重的衣服，却毫不畏缩，仿佛在夏天里那样的自由地玩着。

"有了伴，就不会这样野了。"母亲说。

我们都觉得母亲的话是对的。唐哥在福建的时候，他几乎常常在房里，因为我们的隔壁一间房里就住着他的两个小伴侣。

就是唐哥自己，他似乎也已经感觉到了。他现在不时的提到旧伴侣的名字。

于是我们都渴望地等待着玲玲的来到。

几天后，玲玲果真来了。

那是我的姊姊的一个小女儿。比我们的孩子大了两岁。她的皮肤仿佛被夏天的太阳熏炙过的那样黑。大的面孔，大的眼睛，粗的鼻子，厚的嘴唇，穿着特别厚的棉衣，戴着一顶大的绒帽，脚上一双塞着棉花的大皮鞋。橐橐橐，在地上踏了两三脚，便缩着手呆住了。

"和弟弟去玩吧。"姊姊推动着她的孩子。

但是她只睁大着眼望着，过了一会，爬到姊姊身边的椅上坐着，一动也不动。

"象一尊菩萨！"母亲笑着说。"去吧，唐哥！和小姊姊去玩！"

唐哥也不动的望着。

"叫小姊姊！"我推着唐哥。

但是他不开口，只伸出一只手指来，指着玲玲头上的那顶红色的绒帽，朝着我笑了一笑。

"是呀！小姊姊的帽子好看哩！"我说。

他顽皮地伸出一只脚，又用手指指了两指，回过头来又对我一笑。那是在指玲玲的衣服了。

"红红的，好看哩，小姊姊的衣服！"

他突然跑过去，摸了一下玲玲的皮鞋，嘻嘻笑着，又立刻退了回来。

"好看吧？"静默到现在的玲玲说话了，得意地点着头。"爸爸买给我的哩！"

"我也有的！"唐哥也得意地点着头。他望了一望自己的脚，立刻到后房的床上去拿了另外一双新的皮鞋来。

"诺！有花花哩！"

"黑的！不好看！"玲玲摇着头。

"你没有花！"唐哥一手提着自己的鞋，一手拍着玲玲的脚。

"怎么啦把我的鞋打坏啦！"玲玲皱着眉头。

"坏的！坏的！"唐哥故意作弄着她，又接连拍了几下，顽皮地笑着。

他的力很大，玲玲晃动几下，几乎倒了下来。

玲玲撇着嘴，哭了。

"嘎，多吃两年饭，白吃，还是阿弟本领大！"母亲得意的说。

"女孩总是斯文的，"父亲说着，抱了外孙女，抚摩着，"玲玲也乖哩！不要哭，外公去买糖！"

"我也要！一个红的！"唐哥叫着。

"我要红的！"玲玲止住了哭。

"唐哥红的！小姊姊绿的！"唐哥大声叫着说。

"唐哥绿的！小姊姊红的！"玲玲的回答。

唐哥发气了。

他睁着眼睛，望了一刻，突然赶到他祖父的身边，往玲玲的身上拍的一拳。

玲玲撇了两下嘴，又哭了。

她并不抵抗。用力的哭，仿佛就是她报复的方法似的。

"唐哥真不乖，怎么动手就打小姊姊！"我说着，走过去抚慰着玲玲。

唐哥一声不响的，在我的大腿上也拍的一拳。

"反啦，反啦！怎么打爸爸呀！"大家几乎一致的说。

"你打爸爸，爸爸走啦！"我说。

"你去好啦！小姊姊也去！"唐哥回答着，"唐哥跟妈妈！"

"妈妈也去！"妻说。

"我跟妈妈去！"

"你会打妈妈！"

"不打妈妈！"

"你听话吗？要打人吗？"

"听话。不打人啦。"唐哥低声的说，似乎怕给别人听见似的。

"还要打爸爸，小姊姊吗？"

唐哥不做声。停了一会，他说：

"跟妈妈好，阿公好，阿婆好，姑妈好。"

"爸爸呢？小姊姊呢？"

他仍不做声。

"真硬！"母亲说，心里似乎在称赞唐哥。

但是过了不久，唐哥终于忘记了。他开始和这个新的伴侣玩了起来。

玲玲对他有点怕，虽然喜欢和他玩。她在依从着他，学着他。她只说话比唐哥学得完全些，她的智力，体力，似乎还在唐哥之下。唐哥时时想出新的玩法，她没有。唐哥会从高高的地方跳下来，她不会。她时常被唐哥作弄得撇着嘴，哭着。

"只会哭！"母亲常常责备着玲玲。"又笨又呆！"

"她倒是一个有福气的人哩。"父亲说。"大了自然会聪明的。"

"我可喜欢唐哥！"母亲说。

"孙子和外孙，男的和女的，总不同！"姊姊说了。

"自然哪！外孙到底姓别的，女的嫁了人就完啦！"

"你偏心得很！"父亲说，笑着。

"动不动就哭，谁喜欢！这样的女孩，还那么喜欢她。"

"自己生的，自然不同！"姊姊回答说。

真的，姊姊对玲玲的爱，真象母亲对自己的孙子一样，是无微不至的。玲玲那么样的喜欢哭，几乎大家都起了嫌烦，尤其是有着不爱哭的唐哥在眼前。然而姊姊一见玲玲哭，就去抱她，抚慰她了。

"这样的娘！"母亲时常埋怨着姊姊："不做一点规矩！"

姊姊只笑着，绝不肯动手打玲玲。

"这样难看！印度人一样黑！"

"大了会白的！"姊姊说。

"唐哥白白的，小姊姊黑黑的！"唐哥听见了母亲的话，指着自己，指着玲玲，得意的说。

玲玲一听见这话，又撇着嘴哭了。

"白的好看，黑的也好看！"我们安慰着玲玲。

但是唐哥摇着头，笑着，仿佛故意嘲弄玲玲似的。

于是有一天，玲玲终于不能忍耐了。唐哥还没说完，她便是拍的一拳。一面又撇着嘴，哭了起来。

唐哥呆了一呆，睁着眼望了一会，似乎很惊异玲玲也会打人。他没做声。我知道他的静默的意味，立刻叫着："唐哥！"

但已来不及了。

唐哥已赶上一步，在玲玲的肩上拍拍打了两拳。

同时玲玲也抓住了唐哥的前胸，号叫着。

然而玲玲又吃亏了。她只知道一只手抓住唐哥的前胸，另一只手不知道动作。而唐哥却拍拍的打了过来，两手并用着。

"你想打阿弟！怎么打得过他！"母亲笑着说。"让开一点吧！"

"你是姊姊，姊姊怎么打弟弟！你比他大两岁，总要乖一点的！"姊姊抱了玲玲。

然而玲玲不服气。

等到吃中饭的时候，玲玲先爬上椅子，把唐哥的红的饭碗捧去了。她把自己的绿碗放在唐哥面前。

唐哥在地上的时候，已经远远望见。他没做声，爬上椅子，他睁着眼望着玲玲面前的红碗。

"红碗是我的！"玲玲得意地说，以为终于给她占据到了。

唐哥突然伸出手去："我的！"便把红碗从玲玲的手里抢了过来。

"把绿的给小姊姊！"姊姊说。"红的本是唐哥的！"

但是唐哥连绿的也不肯了。他一手按着一只碗："我的！"

玲玲又哭了，撇着嘴，一面也伸出手来抢碗。

唐哥把两只碗推在一只手里，另一只手已经抓住了玲玲的手。

我们总算把他们扯开了，玲玲没吃亏。

然而玲玲不满足，她爬下椅子，在地上打起滚来，大声的哭着。

"喏，小姊姊哭了，拿碗给她吧，唐哥。"

唐哥望了一望，似乎有点感动了。把红碗绿碗捧着放着，象在那里思量。

"红的吗？唐哥的吗？"他问。

"是的，把唐哥的红碗给小姊姊。"

他点了一点头，立刻爬下椅，把红碗捧了去。

玲玲没理他，仍然哭着，还伸过脚来，踢他一下。

唐哥望了望被踢过的染了灰的腿子，没做声，他仍把红碗放在玲玲的头边。

玲玲用手推翻了红碗，又把脚转了过来踢唐哥。

唐哥很灵活的走开了。

吃完饭，玲玲也和唐哥好起来，一同玩着。

但是到了晚上，他们又吵架了。

唐哥在用积木造房子，玲玲把它推翻了。

唐哥大声的叫着："小姊姊走开！"一面仍叠着积木。

玲玲不肯走。她拾了两条积木，也要造房子。

唐哥伸手抢过来，恶狠狠的说："我要打你啦！"

玲玲撇了一下嘴，这回可没哭。唐哥低下头去的时候，她在唐哥背上打了一拳，立刻跑着走了。

唐哥吃了亏，叫着追去。玲玲哭着逃着。走到床边，终于给唐哥扯住了衣服。她转身也扯住了唐哥的前胸。现在玲玲晓得使用另外一只手了。她用力抓住了唐哥扯着自己衣服的那一只手。

我们扯开他们的时候，玲玲的左颊已经出血，被唐哥抓破了。

"你怎么这样凶呀！"我骂着唐哥。

唐哥也撇起嘴来，哭着，在地上打滚了。

"阿呀！"母亲皱着眉头说："两个人都看样啦！一个学着打人，一个学着打滚啦！怎么唐哥也会哭呀！"

家内渐渐闹了。那是唐哥和玲玲的哭声，唐哥和玲玲的蹬脚声，打滚声。唐哥和玲玲时刻争吵着，仿佛两个死对头。然而他们又象是手和脚，一刻也离不开。玲玲走到那里，唐哥便跟到那里。唐哥玩什么，玲玲也要玩什么。每餐吃饭，偏要并坐着，而又每餐抢碗筷和菜。只有到了睡觉的时候，两个人才分做两处

睡。但第二天早晨，谁先醒来，就去扯别个的被窝，于是被弄醒的便在床上闭着眼睛哭号了。

"一天到晚只听见哭！"母亲怨恨的说。

姊姊几次要回去，知道母亲爱清静。但父亲和我坚留着。姊姊的家离开我们很远，来一次很不容易，而我又是不大回家，和姊姊已有六七年没会面了。

母亲并非不喜欢姊姊在家里多住一向，她只有这一个女儿。对于玲玲，据说她以前也是很喜欢的。但自从见到唐哥以后，她的确生了偏心了，她自己承认。

"要去就让她们去吧，不必多留。两个孩子在一起，只听见吵架！"母亲就在姊姊的面前对我说。

"小孩子总要吵闹的，譬如玲玲也是你的孩子。"我说。

"你阿姊家里也有事情，关了门，成什么样子。"母亲提出了另外的一个理由。

我说了一大套的话，终于劝不转母亲的意思。

"吵起来，真烦！"母亲时常这样说着。

其实烦的只是唐哥一个人。没有玲玲，唐哥也是整天闹着的。母亲并非不知道这些。她实在是太爱唐哥了。她要把她的爱给与唐哥所专有。玲玲没有来的时候，她想念着玲玲来，是为的爱唐哥。现在不留玲玲，也是为的唐哥。

过了几天，我们也只得让姊姊回去了。

这一天早晨的饭前，当姊姊整理行李的时候，我把唐哥的绿球送给了玲玲，因为这是玲玲所喜欢的东西。怕唐哥看见，我把它暗地里塞在姊姊的网篮里。又用纸盖着。

但是唐哥看见房里的网篮忽然装满了东西，绕着网篮窥张着。

"小姊姊要回去啦！"我告诉唐哥。

"我也要去！"唐哥说。

"你要打小姊姊的！"

唐哥摇了一摇头，表示他不打了，但嘴里不肯说。

"统统去吗？"随后唐哥问了，"爸爸也去，唐哥也去，妈妈，姑妈，小姊姊，阿公，阿婆，统统去！"

他说着，象是无意的把手伸进了网篮。

"喂喂！"他高兴叫着，把绿的球拿出来了。"小姊姊！球来啦！球来啦！"

玲玲明白，这是给她带回去的。她看见现在给唐哥拿到了，着了急。

"是我的啦！"玲玲跑上去抢唐哥的球了。

"唐哥的！"唐哥紧紧地捧着，跑了开去。

"唐哥！你还有红的呢！"我扯住了唐哥。

但这正给了玲玲的机会，她已经赶到，抱住了唐哥手里的球。

两个人争夺着，咬着牙齿，发出尖利的叫声。

"唐哥听话，把这个给小姊姊，你还有一个红的，爸爸再买一个！……"

唐哥不待我说完，已经把玲玲推倒地上了。

"真不听话！小姊姊不要你去！"

唐哥撇起嘴来，恶狠狠地把球朝着玲玲身上丢去，自己也就哭着滚倒在地上。

"这本是唐哥的！给唐哥！"姊姊拾起球放到唐哥面前，又立刻转过去，抱起玲玲轻轻的说；"舅舅会给你的！不要哭！"

好不容易，我们止住了他们的哭。而最后绿的球还是归了唐哥。我又到街上去买了一只绿的，暗暗交给了玲玲。

吃完饭，姊姊给玲玲换了衣服。唐哥知道现在真要去了。他闹着也要换衣服，自己把床下的皮鞋拿了出来。

"绿绿的球送给小姊姊，带你去！"我说。

唐哥答应了。他从自己的抽屉里，把红的和绿的球都拿了来送给玲玲。

"统统！"他说。

"不要啦！"玲玲高兴的说。"唐哥的！"

唐哥笑着，把两个球都塞在网篮里。

我们雇了一只船，决定送姊姊到岭下，给她雇好轿子，父亲和我和唐哥。

唐哥和玲玲非常快活，坐在船里望着岸上来往的人和牛，狗，鸡，鸭。

船靠了岸，我请父亲先带了唐哥到埠头的庙里去等我，自己就到轿行里雇好轿。

"唐哥呢，妈？"玲玲走进轿子，发现唐哥已不在眼前了。

"等一等会来的。"

"唐哥同我坐，妈！舅舅和外公坐！"

"好的，我们就来啦！"我回答着。

轿子已经抬起了。

"唐哥！快来哪！唐哥！……小姊姊去啦！舅舅！唐哥！"

轿子已经渐渐远了。玲玲从轿窗里伸出半边面孔来。

我挥着手。玲玲似乎还在喊着。

随后我和父亲带着唐哥，坐着原船回家了。

"小姊姊呢？"唐哥东西望了一会，说了。

"在后面来啦！"

"这个船吗？"

"是的。"

"大大船！"

唐哥似乎想起了别的事，一会儿又注意到岸上的东西，不再问玲玲了。

到了家，我看见母亲的眼睛有点红了。她显然舍不得姊姊和玲玲，如同往日似的，分离的时候，起了感伤。

"嫁得这样远！"她是常常这样埋怨父亲的。"人家嫁在近边，只看见女儿带着外孙回来！"

"小姊姊呢？"母亲问唐哥。

"去啦！"

"到那里去啦？"

唐哥呆了一会，说。

"大大船去啦！还有爸爸，阿公，姑妈，唐哥，小姊姊！"

"小姊姊去了好吗？"

"好！"

唐哥象是立刻忘记了他的伴侣。他仍跳着，跑着。

吃中饭的时候，我们改变了原先的座位。我坐在玲玲坐的那一边。

"小姊姊的！"唐哥推着我，要我换地方。

我故意把绿的碗拿在手里。

唐哥抢去了："小姊姊的！"他换了一只白的给我。

第二天早晨，唐哥一醒来，便象往日似的，跑到玲玲睡过的床边去。

呆了一会，象在想着。

"小姊姊呢？"

"去啦！"他立刻回答说，"大大船！"

几天后，唐哥不再提起玲玲了。他象完全忘记了一样。

但他象重又感觉到一个人玩着没有趣味似的，又时常跑到大门外的田边或河边去了。

"大大船！小姊姊来啦！"他一见到河里的船，便又想到了玲玲，呆呆的望着，仿佛在等待着玲玲。

日子一天一天过去，唐哥对于玲玲的印象显然渐渐淡了。我们偶尔提到玲玲，问他"小姊姊"，他象不晓得这个人似的，没有回答，只管自己玩着。

但当我们把玲玲的相片给他看的时候，他却记得。

"小姊姊！"

当他看到船，或者和他讲到船，他也还记得。

"大大船吗？小姊姊来啦！"

然而小姊姊并没有来。

也不晓得，什么时候再和唐哥在一起。

开门炮

　　新年，新年，这在许多人应该是快活的。然而我却怕它。

　　我无须掩饰，我现在年纪不小了，看着时光的迅速的流动，难免起悲哀之感。但是我这么说，是说我从来就怕它，既使回溯到我不知道悲哀的童年。

　　当我们还是小孩子的时候，新年一到，有好的东西吃，有好的衣服穿，有龙灯马灯看，应该是快活的，然而我却怕它。

　　我从十二月二十前后起，一直怕到正月二十前后，整整的一个月，正是人家最快活的时候。

　　十二月二十前后，也正是大家最忙碌的时候。这时我们的年糕多半已经做好，落缸的落缸，炒干的炒干。接着便是磨汤果，扫灰尘，祭灶，送年，做羹饭。

　　我的父亲几乎每年不在家里，我又没有兄弟，于是我很小的时候便被派做一个主要的角色，代表着父亲。

　　送年是最敬虔的事。那一天，我先得剃头，洗澡，从衬衣换到长袍马褂，说是送年的时候越静越好，时间常在夜间十一二点，我老是睡眼朦胧地在祖堂的角隅里暗暗的战栗着。门外的祭桌上虽然点着两支明晃晃的红烛，但四周是漆黑而且静寂。尤其是祖堂，又高又大又空又冷，黯淡地映着外面的几许烛光，更显得可怕。这里上面供着牌位，下面是时常摊摆着死尸和棺材的。叔叔进厨房端菜的时候，这可怕的祖堂里外，便只剩下了我一人。姊姊和妹妹都不能到这里来陪我，因为她们是女人。这时可怕的声音常常起来了：窸窣，窸窣……吱吱……笃笃……仿佛有什么在走动，有谁在说话，从外面晃进来，从背后摇出去，又象有谁在推动我的新做的缎袍和马褂，发出沙沙的磨擦声，我战栗了一会，立刻镇定下来，用假定来安慰自己：那象是猫的脚步声，那象是老鼠的叫声，那象是狗嚼骨头的声音，那象是烛花的爆裂声……但忽然可怕的影子显现了：祭椅上有人坐了下去，有人伸出宽大的袖子来遮住了烛光，有谁带着彻骨的冷气朝我走了过来。

待到收拾进去吃送年点心，已是一二点钟，我疲倦得吓得没有一点力，只想睡了。那些肉，那些鸡，虽然在我们是高贵的稀有的食品，但我从来就不喜欢吃。

送年完了，第二天就是做羹饭，接着二十三的祭灶，我都穿着缎袍马褂，跪在蒲团上拜了又拜。那衣服又长又大又硬，穿在身上好不容易动弹，还须弯腰屈膝。

但这还是暂时的，我所怕的还在后面。

那是从元旦起，我必须整整的几天穿着那可厌的缎袍马褂，这里那里的对人鞠躬，下跪。这就是所谓拜年，所谓贺年了。

别的小孩子喜欢这个。拜了天地，大家成群结队的拥到这一家那一家，叩头作揖，前襟兜满了拜岁果：年糕干，炒花生，大豆，黄豆，冻米，印糕，橘子，金柑……装不下了，回到家里，倒在桌上，又去了，到了家里又去了。大家叫着跳着。

但是我怕出门。我不愿意对人家叩头作揖。拜岁果，家里也有，并不想到人家那里去换取。母亲逼了又逼，我总是延了又延。没有办法时，终于出去了，但是到了人家面前，便红了脸，用作揖代替了跪地，用鞠躬代替作揖，有些地方索性坐了一下就走了，不等人家拿出拜岁果来。

"你自己家里的拜岁果快给人家骗完了，你不去骗一点回来，吃什么呢？"母亲常常拿这话来鼓动我出去。

但是我并不希罕什么拜岁果。我只怕拜年。

近的邻居族人一天一天拜完了，于是该拜远的亲戚。这里须亲自提着一对莲子桂圆之类的软包，那里须提着一对胡桃黑枣之类的硬包去送亲戚，真觉得难为情。早上到的那里，照例不准在申时以前回来。吃了莲子或桂圆，还须吃中饭，吃了中饭还须吃汤团。这些都是上好的食品，但我没有一次吃得下，只在那里呆坐着挨时辰。"进门不拜，还是出来拜！"我老是犹延着，但到临走，想着想着，对门外红着脸走了，依然没有拜。"到过就算拜过了！"我回到家里，老是这样的回答母亲。

有一个可纪念的亲家母，她最爱我，只想我对她亲近，只想我对她象对母亲似的跪下去拜年，年年在我带回家的软包里暗暗塞着红纸包的二元压岁钱，一面又明白的告诉我母亲，给了压岁钱是必须认真的拜年的。但我愈加坚执不肯拜了，而且总要挨着日子到最后。

从初三到十五，我一面须出门去拜年，一面还须在家里等候亲戚来拜年。男客来了，母亲姊姊妹妹都在厨房忙碌起来，我便被派做陪客，须受人家的口试，回答这样那样。随后陪着他吃饭，给他斟酒。有些客人会喝酒，可以慢吞吞地一直吃上一两个钟点，我也只好呆坐着陪他。

十五过了，十六便是蟠桃会。我又该穿着缎袍马褂去一次一次的拜菩萨，跟着人家端着香到黄光庙去叩头，把菩萨接了来，随后又得把他送了回去，整整的做一天大人。

真的，我怕新年，我怕送旧年，也怕拜新年，从很小的时候就这样。

然而新年也曾经给过我一次快乐的，我紧紧记得。

那好象是在我十二岁的那一年。

元旦的黎明，很多的人家，是要放三个开门炮的。但只有我们，自我知道的时候起，从不这样做。我的父亲最相信静穆，他有什么快乐，向来不肯轻易露出来，也正象什么忧愁不肯露出来一样。这样说，并非说他是一个居心叵测的人，他实在是世界上最忠实坦白的。他也并不是冷着面孔的人，他一生只有笑容，因为他非常达观。人家的父亲是严父，我的父亲是慈父。他相信静穆，一半是因为他对神的敬虔，一半是因为他脚踏实地，处世的谨慎，不肯虚张声势。很明显的，故乡元旦的爆竹声中，除了快乐的意义之外，还含着对人家显示很深的骄傲的意味。我父亲不喜欢这个，因此年年的元旦，我们静默地开开了门，和送年那晚一样的静默着。但这样的情形，只听人家的爆竹声，在我这小孩子是不满意的。我几乎年年对母亲吵着要自己来放开门炮。

那一年父亲回家过年了。他很快的答应了我，在年底就买了六七个爆竹来。那爆竹非常的大，差不多和现在的笔筒那么粗，在我那时的眼光中几乎大得和水桶一样的可怕。然而我要自己放，因为我知道只要站得远一点，它是不会伤人的，父亲也答应了。

元旦清晨打开门来，父亲给我点了一支长香，把爆竹扳开药线，摆立在院子里，要我去引火。

于是我胆战心惊的而又非常快乐的在爆竹的远处蹲下了。距离得那么远，我伸直手臂和长香，刚刚可以触及药线的尖端。

我扎起长袍，看了一看后背的阶沿，预备好了后退的姿势，便把燃烧着的香尖轻轻地去触那药线的尖端。……

吱……药线发火了！……一阵触鼻的可爱的气息。

我立刻倒跳到父亲的身边，闭上了眼睛，两手按住了耳朵。……

通！——硼！仿佛在很远的地方响着。

我定了神，睁开眼睛看，爆竹的碎纸片象蝴蝶似的从半空里旋转了下来，散了一地。

这是什么样的快乐！那一次元旦的早晨！ 一生中的那一个新年！

但这样的新年只有一次。

现在呢，即使父亲还在，即使我又变成了小孩，我也怕放开门炮了。因为我现在已经懂得了和爆竹相同的另一种可怕的声音。

它时常在我的耳鼓里响着。

虽然许多人在拍手，在跳跃，在欢迎，在庆祝……然而我怕。

我怕送旧年，怕迎新年，更怕放开门炮。

厦门印象记

一　不准靠岸

船到厦门是在太阳下山的时候。潮水颇不小。太古公司有一个码头伸出在岸外。我在船上望见了码头上竖着一个吊桥。我们的轮船正停泊在码头外一丈多远的地方，这空隙似乎正是预备用吊桥来连接的。然而船已停了，却不看见码头上有什么人，也没有人预备把吊桥放下来。从岸上来接客的人都在码头旁边下了小划子到了我们的船旁，我们船上的客人也都纷纷坐着划子上了岸。

"一定是那吊桥坏了，"我想，"不然，从吊桥上走过去多么方便呵！"

于是我也就随着接客的坐了一只小船上了岸，到一家码头边的旅馆里去住。在那里休息了一会，吃了一点东西，我又从旅馆里走了出来，想去望一望厦门的街市。

走出旅馆门口，我忽然看见太古码头上的人拥挤得很厉害，吊桥已经放下了，行李和货件纷纷由船上担了下来。原来吊桥并没有坏。

但是为什么不在船到的时候放下来呢？我猜想不出来。我很想问问这原因，可是没有一个熟人，又听不懂厦门话。

第二天，我跟着行李的担子到了往集美去的汽船码头。那只汽船很小，和划子一样大——甚至可以说比划子还小。这时的潮水也很大。但汽船却没有停靠到岸边来。它只是停在离岸一二丈远的地方。我想不出这原因，只得跟着大家下了一只划子，渡到汽船边去。

在汽船上，我注意地望着海港，看见大小的轮船非常的多，但都停泊在海港的中间，或离岸不远的地方。只有太古公司是特别的。

"听说厦门是一个有名的都市，厦门人有钱的很多，为什么不造码头呢？"我想，心里觉得很奇怪。"由轮船上下都须坐划子，不是很不便利吗？"

我觉得厦门人仿佛是不大聪明的，在这一件事情上。

但是过了几天，我的这种感觉却给我的朋友推翻了，我开始相信厦门人的智慧和力量来。

原来厦门有三大姓，人最多势力也最大。那三姓便是姓陈的，姓吴的和姓纪的。纪姓人世代靠弄划子过日子。自从有了轮船汽船，他们的生活受了很大的影响。他们不甘心，因此集合起来，不许轮船公司造码头，不许轮船靠岸。太古公司虽然是外国人办的，而且单独的造好了码头，他们也不怕。据说这中间曾经起了许多纠纷，但最后还是穷人们得了胜利，只许码头上的吊桥在轮船停泊后二小时才放下来。

"不准靠岸！"每个弄划子的人都对轮船有着这样的念头。

二　中国首富的区域

到了厦门不久，我忽然听到一个意外的消息，说是我的一个老朋友住在鼓浪屿。于是我急忙坐船到那里去。

鼓浪屿真是一个奇异的岛屿。它很小，费了一个钟头，就可在它的周围绕了一个圈子。这里有很光滑的清洁的幽静的马路，但马路上没有任何种类的车子。这里的房子几乎全是高大的美丽的洋房。

"你看这一间屋子，一定以为是很穷的人住着的吧？"我的朋友忽然指着一间小小的破屋，对我说。"如果你这样想，你就错了。这一类房子里的主人常常是有几万几十万财产的。"

"照你说来，这一个岛屿里全是富人了！"我说。

"自然。穷人是数得清的。以面积或人口做单位，这里是全中国的首富呢！"

"怎么有钱的人全集中在这里，可有什么原因吗？"

"因为这里太平。除了这里，全省的土匪几乎如毛的多。"

"你未免笑话了！"我说。"既然土匪那么多，只要混进来一二十个，不就不大太平了吗？"

我的朋友听了我的话，忽然沉默了。我留心观察他的面色，他的眼睑红了。我也就沉默下来，不再提起这事情。我想，大约是我的语气使他感觉到不快乐了。

过了一会，我们一道走上了日光岩。这里是鼓浪屿最高的山顶。厦门的都市和其他的岛屿全进了我们的眼睑。

"你看见这边和那边是些什么船吗？"我的朋友指着鼓浪屿的周围的海面，问我说。

我依他所指的方向看去，这里那里停泊着军舰，有的打着日本的旗帜，有的打着英美的旗帜。

我恍然悟到了我的朋友刚才不快活的原因了。我记起了鼓浪屿原来是租给了外国人的。

"你看见这辉煌的铜牌吗？"我的朋友这样说，当我们走过几家华丽的洋房门前的时候。

我给他提醒了。这样的铜牌我已经瞥见了许许多多，以为一定是什么营业的招牌或者住宅的姓名，所以以前并没注意的去看那上面的字。

"大日本籍民，……葡萄牙籍民……日斯巴尼籍民……"我一路走着，一路读着，我觉得我是在中国以外的地球上。

三　球大王

我初到厦门是住在一个学校里。这样可爱的学生，我从来不曾遇到过。他们的身材都很高大结实，皮肤发着棕色的光，筋肉紧绽，一看见他们，便使我联想到什么报上所登的大力士的相片。

皮球是他们的生命。每天早晨，天还没有亮，我已在床上听见操场上的球声了。这声音一直继续到吃早饭，上课。他们永不会感到疲乏，连课间休息也几乎变成了运动的时间。每一班都有球队，常常这一班和那一班比赛，这一个学校和那一个学校比赛。有几次我看见一个运动员跌得很厉害，膝盖上流着血，禁不住自己的心怦怦跳动起来，却想不到他包扎好了，又立刻进了球场，仿佛并没有什么痛苦似的。

在我们江浙人的眼光里，我敢说他们每一个人都是球大王。

除了很好的体格外，他们还有很好的德性。他们有诚挚的态度，坦白的胸怀，慷慨的心肠，——而服从，尤其是他们的特点。他们从来不会叫一个教员下不得台，或者可以说，他们不大会感觉到教员的缺点。

"怎么这里的学生这样好呢？"我常常想不出这原因来。

有一天，我忽然得到了一个有名的小学校的章程，里面载着详细的规则，有一条是：骂人的学生，罚口含石头半点钟。还有几种的犯规是坐监狱。

这时我才明白了。

四 害人的苍蝇

但是过了不久，我忽然看到了另一面了。

厦门有一个学校里的学生，把一个教员围在几十个人的中心，用木棍打破了眼睛，伤了腰背。

另一个学校的校长被学生用手枪击伤了两处。

第三个学校的学生分成了两派，带着手枪和手溜弹抢夺着学校。

我在别处也常常看到过学校里闹风潮的事，但总是离不开罢课，发宣言，贴标语，请愿，这些无用的方法，大不了，伸着拳背着木棍。用手枪和手溜弹是不曾听见过的。

"这是这边司空见惯了的，"我的朋友告诉我说，"你该听见过械斗这个名词吧？从前在臧致平统治下，厦门的陈，吴，纪三大姓曾经和台湾人械斗了一年多呢。——你听见过一个苍蝇的故事吗？从前……"我的朋友开始讲述那个故事了。

"从前有两个异县的孩子在路上走着，遇见了一个苍蝇。它飞到了第一个孩子的鼻子上休息着，给这孩子知道了，他拍的一拳向自己的鼻子上打了去，不料没有打着苍蝇，却打痛了自己的鼻子。这苍蝇给他一赶，便飞到第二个孩子的鼻子上了。第二个孩子也是用力的拍的一拳，向着自己的鼻子上打了去，但也没有打着苍蝇，一样的打痛了自己的鼻子。于是他大怒了，和第一个孩子争了起来。

"——你不赶它，它不会飞到我的鼻子上来！

"第一个孩子本来打痛了自己的鼻子，心里很不快活，给第二个孩子这么一说，也立刻大怒了。没有几句话，两个人便打成了一团。

"这时第一个孩子的母亲来了。她扯开了他们，问他们厮打的原因。

"你这孩子这么不讲理！苍蝇飞来飞去干他什么事！——第一个孩子的母亲说，拍的一拳，打在第二个孩子的脸上。

"于是这给第二个孩子的母亲知道了。她赶到第一个孩子的母亲面前，说：'……你这女人这样不讲理！孩子打来打去干大人什么事！'第二个孩子的母亲这么说着，也是拍的一拳，打在第一个孩子的母亲的脸上。

"于是这一村里的人跑出来了，他们不肯干休。那一村里的人也不肯干休。最后两村的人都自己集合起来，作成了对垒，互相残杀攻击，死了许多人，结下死仇——"

我的朋友的话到这里终止了。他使我否认了"口含石头半点

钟"的罚规的效力。

五 可怕的老鼠

四月的中旬，离开我到厦门才一月，忽然发生了一件极其可怕的现象。这现象不仅笼罩了厦门，鼓浪屿，集美，连闽南各县都在内了。

在这事情发生的前几天，我在报纸上读到了一条新闻，标题是"某街发现死鼠"，底下一连打着三个惊叹记号。

我很奇怪，死了一只老鼠，也有在报纸上登载的价值。细看这条新闻的内容也极平淡无奇，只报告这只死鼠发现在某处罢了。

站在我背后看报的两个学生在用本地话大声的说着，我听出两个惊骇的字眼"啊唷！"底下就听不懂了。

我转过头去，看见他们的眼光正注射在报上的那条新闻。

"难道这和苍蝇一样的含着重要的意义吗？"我想。于是我问了。

"黑死症！可怕的黑死症又来了！"他们说。

"黑死症是一种什么样的病呢？我没有听见过。"

"一种瘟疫！又叫做鼠疫！"

于是他们开始讲了起来。

原来这是闽南最可怕的一种瘟疫。每年春夏之间，不可避免的必须死去许多人。它的微菌生长在鼠的身上，传染人身非常迅速。被它侵占的人立刻发高度的热，过不了一星期就死了。死了以后常常在颈间，手指间，或脚趾间，以及胁下胯下发出结核来。以前死人的多，常常来不及做棺材，一家十余口的常常死得一个也不留。近来外国人发明了防疫针以后，虽然死的人减少了一些，但许多人还是听天由命的不愿意注射，而且直到微菌侵入，防疫针就没有效力，此外也就没有什么药可救了。

一星期以后，空气果然一天比一天紧张起来，报纸上天天登着某处死了多少人，某处死了多少人。我的耳内也时常听见死人的消息。这时防疫运动开始了，大扫除，注射，闹得非常纷乱。我们学校里死了几个人，附近的街上死得还要多。但是一般民众只相信神的力，这里那里把菩萨抬了出来。

我的一个朋友寄寓的一家本地人，甚至还把死在外面的人抬到屋内来供祭，入殓了以后，在厅里放上半月。

我虽然打了药水针，但完全给这恐怖的空气吓住了。偶然走到街上去，就看见了抬着的棺材，听到了哭声。

天灾人祸，未来在那里呢？

六　人口兴旺

然而未来究竟是有的。天灾人祸虽然接连着，人口可并不会有减少的现象。他们只要留着一个人和财产一起，人口就会立刻兴旺的。

似乎就因为死的人太多的缘故吧，本地女子的地位因之抬高了。本地男子要讨一个妻子，总须化上很多的聘金。

我的老朋友所在的一家报馆里，有一个担水工人曾经出了七百元聘金讨了一个妻子。他的另外的一个朋友是曾经出了三千元聘金的。

这样一来，人口似乎应该愈加少了？然而并不如此。他们有很聪明的办法的。

有一次，我的老朋友忽然带了一个六岁的小孩来，说是宁波人，要我和他用宁波话谈谈。我很奇怪，我的朋友居然会在这里寻到别的宁波人，而且把他的孩子也带来了。

那孩子穿着不很整洁的衣服，面色很难看，象是一个穷人的儿子。我想，一定是我的朋友发现了一个流落在这里的宁波人，想借同乡的观念，来要我援助了。

于是我便说着宁波话，请他走近来。

但是他没有动，露着怯弱的眼光。

"你是那里人呢？"我仍用宁波话问他。

"呒载！"他说的是厦门话，意思是不晓得。

"怎么？是厦门人吧？"我问我的朋友说。

"是宁波人，他有点怕生哩！"

"你姓什么呢，小朋友？"我又问了。

"呒载！"他摇着头说。

"几岁呢？说吧，不要怕呵！"

"呒载！"又是一样的回答。

"用上海话问问看吧！也许是在上海生长的。"我的朋友说。

于是我又照着办了。但他的回答依然是这两个字。

"到底是那里人呢？"我问我的朋友说。

"老实说，不清楚，只晓得宁波那边人。"

"你从那里带来的呢？"

"一个朋友家里。他是从人贩子那里买来的。"

"不犯法吗？"

"在这里是官厅不禁止的。化了一二百元钱，就可买到一个。本地人几乎每家都要买一二个的。"

我给他说得吃惊了。这样的事情，我从来没有听见过。

"这孩子到这里快半年了，"我的朋友继续着说，"他从来不说话，偶而说了几句，也没有人听得懂。他只知道说'呒载'，无论他懂得或不懂得。仿佛白痴似的，据说他到这里的头一天，脱下衣服来，一身都是青肿的。显然人贩子把他打得很厉害。他只会说'呒载'，大约就是受了人贩子的极大的威迫的缘故了。这里是一个人口贩卖的倾销市场，也就是人口贩运的总机关。来源是上海，上海的每一只轮船到这里，没有一次没有贩卖人口。……"

我给这些话呆住了。

七　罗马字拼音

厦门话真不易懂，跑到那里好象到了外国一样。就连用字，也有许多是我们一时不容易了解的。学校的布告常常写着拜六拜五，省去了一个"礼"字。街名常常连着一个"仔"字。从某处到某处的路由牌，写着"直透"某处。

有一次，我看见街上有一个工厂，外面写着很大的招牌，叫做某某雪文厂。我不懂得"雪文"是什么，跑到门口去一看，原来里面造的是肥皂，才记起了英文soap，世界语的sapo，法文的savon，而厦门人叫肥皂是叫做sapon的。

我的老朋友告诉我，厦门话古音很多。如声方面，轻唇归重唇的，例如房读若旁；舌上归舌头的，澈读若铁；娘日归泥，娘读若良，人读兰。韵方面：有闭口韵，如三读sam，今读kim，入声带阻，如一读it，十读tsap，沃读ok。

然而，我的那位老朋友虽然平日在文字学和音韵学方面有特殊的修养，在厦门已经住上三四年了，他还是不大会说厦门话。

同时，厦门人学普通话，也仿佛和我们学厦门话一样的困难。虽然小学校里就教国语，到了高中甚至大学的学生还不大会说普通话。他们写起文章来常常会把"渐"写作"暂"，把"暂"写作"渐"，而"有"字尤其容易弄错。

但是有一天我却看到了一种特别的异象。我看见许多男女老幼从一家教堂里出来，各人都挟了一二本书。这自然是《圣经》之类的书了。

"他们都受过很好的教育，都认得字吗？"我实在不相信；他们中间明明是有许多太年青的人或工人似的模样的！。

一次，我在一家商店里买东西，瞥见了柜台上一张明信片。那上面全是横行的罗马字，看过去不是英文，法文，德文，俄文。

"怎么，你懂得罗马字拼音吗？"

"是的。我们这里不会写中国字的，就学这个。"

"谁教你们的呢？"

"在教会里学的。"

"不是北平几个弄注音字母的那几个人发明的吗？"

"我们不知道。我们这里已经行了很久了。教会里的书全是用罗马字拼本地音的。"

我明白了。我记起了鼓浪屿有一家专门卖《圣经》的书店，便到那里去翻看，果然发现了全用罗马字拼厦门音的《新旧约》以及各种书籍，而且还有字典。据说是教会里的外国人所发明的。

八　永久的春天

我爱厦门，因为在这里的春天是长住的。

没有到厦门以前，我以为厦门的夏天一定热得厉害。但到了夏天，却觉得比上海的夏天还凉爽。

"上海的冬天冷得厉害吧？我们这里的人都怕到上海去哩！"

这话正和我到厦门去以前的心理是成为对比的。

没有离开过厦门的人，从来不曾见过雪。厦门的冬天最冷的时候也有四十五度。草木是常青的。花的季节都提早了。离开繁盛的街道，随地可以看见高大奇特的榕树，连毛厕旁都种满了繁密的龙眼树的。农人们一年播两次秧，还可以很从容的种植菜蔬。在我们江浙人种的不到一尺长的大蒜，在厦门却长得和芦苇差不多。岛上的山石大多是花岗岩。山峦重叠的起伏着。海涌着，睡着，呼号着，低吟着。晴朗的黄昏，坐着一只小舟，任它顺流荡去，默默地凝神在美丽的晚霞上，忘却了人间苦。狂风怒鸣的时候，张着帆，倾侧着小舟，让波浪泊泊地敲击着船边，让浪花飞溅在身上，引出内心的生的力来。黑暗的夜里，默数着对岸的星火，静静地前进着，仿佛驶向天空似的。

这一切，都告诉了我，春天在这里是长住的。

寂 寞

忽然回忆起往日，就怀念到寂寞，起了怅惘之感。

在那矗立的松树下，松软的黄土上，她常常陪着我坐着，不说一句话。我从稀疏的枝叶织成的篮网间，望着天空的白云，看见了云的流动，看见了它所给与枝叶的各种奇特的颜色。我想知道这情景给与她的是些什么，但她只是闭着口，静默着连眼睛也不稍微向我转动一下。

我站起来，向着那斜坡上的小径走去，她也跟了走来。我默默地数着自己的脚步，轻声地踏着地上的沙砾。我仿佛听见了一种切切的密语。我想问她听见了一些什么，但她只是低着头在后面跟着，仿佛没有看见她前面的人，只是静默着。

我停住在一个坟墓的前面，望着它顶上战栗着的那些小草。我仿佛看见了那里有人走过。我记不起那熟识的影子是谁。我想问她，但她转过身去，用背对着我，只是静默着。

我走到了一道小河的旁边，我就坐在那木桥的一头。她也在我旁边坐了下来。我静静地望着那流水，那浮萍，倾听着小鱼的跳跃声，想到了很多很多的事情。我感到了抑郁，从心底里哼出了不可遏抑的深长的叹息。但她没有听见似的，全不安慰我，也不问我。我看见了自己的影子，我哭了。我的眼泪落到流水上，发出响亮的声音，流水涌了起来，滚到了我的脚边。我发了狂，我想走下去，因为我爱那流水。但是她毫不感到恐怖，她仿佛完全不知道我想的什么。她只是低着头，合着眼，闭着嘴，静默着，静默着。

我对她起了厌恶，我走了，我不准她再跟着我，我把她毫不留情的推了开去。我离开她走到了很远很远的地方。我发了誓，永不再和她见面。

但是那矗立的松树和松软的黄土，那斜坡的小径和沙砾，和那坟墓上的小草，以及那流水，木桥，浮萍，都和我太熟识了，我几乎能够数出它们的每一根纤维。它们和我是那样的亲切，时刻印在我的脑子里。

我愿意再回到那里，和它们盘桓，再让寂寞陪伴着我！

听潮的故事

一年夏天，趁着刚离开厌烦的军队的职务，我和妻坐着海轮，到了一个有名的岛上。

这里是佛国，全岛周围三十里中，除了七八家店铺以外，全是寺院。为了要完全隔绝红尘的凡缘，几千个出了俗的和尚绝对地拒绝了出家的尼姑在这里修道，连开店铺的人也被禁止了带女眷在这里居住。荤菜是不准上岸的，开店的人也受这拘束。

只有香客是例外，可以带着女眷，办了荤菜上这佛国。岛上没有旅店，每一个寺院都特设了许多房子给香客住宿，而且准许男女香客同住在一间房子里。厨房虽然是单煮素菜的，但香客可以自备一只锅子，在那里烧肉吃。这样的香客多半是去观光游览的，不是真正烧香念佛的香客。

我们就属于这一类。

这时佛国的香会正在最热闹的时期里，四方善男信女都跨山过海集中在这里。寺院里一天到晚做着佛事，满岛上来去进香领牒的男女恰似热锅上的蚂蚁，把清净的佛国变成了热闹的都市。

我们游览完了寺刹和名胜，觉得海的神秘和伟大不是在短促的时间里领略得尽，便决计在这岛上多住一些时候，待香客们散尽再离开。几天后，我们选了一个幽静的寺院，搬了过去。

它就在海边，有三间住客的房子，一个凉台还突出在海上，当时这三间房子里正住着香客，当家的答应过几天待他们走了就给我们一间房子，我们便暂在靠海湾的一间楼房住下了。

楼房的地位已经相当的好，从狭小的窗洞里可以望见落日和海湾尽头的一角。每次潮来的时候，听见海水冲击岩石的声音，看见空中细雨似的，朝雾似的，暮烟似的飞沫的升落。有时它带着腥气，带着咸味，一直冲进了我们的小窗，粘在我们的身上，润湿着房中的一切。

象是因为寺院的地点偏僻了一点的缘故，到这里来的香客比较少了许多，佛事也只三五天一次，住宿在寺院里的香客只有十几个人。这冷静正合我们的意，而我们的来到，却仿佛因为减少了寺院里的一分冷静，受了当家的欢迎。待遇显得特别周到：早上晚上和下午三时，都有一些一不同的点心端了出来，饭菜也很鲜美，进出的时候，大小和尚全对我们打招呼，有时当家的还特地跑了来闲谈。

这一切都使我们高兴，妻简直起了在那里住上几个月的念头了。

"要是搬到了突出在海上的房子里，海就完全属于我们的了！"妻渴望地说。

过了几天，那边走了一部分香客，空了一间房子出来，我们果然搬过去了。

这里是新式的平屋，但因为突出在海上，它象是楼房。房间宽而且深，中间一个厅。住在厅的那边的房里的是一对年青的夫妻，才从上海的一个学校里毕业出来，目的想在这里一面游玩，一面读书，度过暑假。

"现在这海——这海完全是我们的了！"当天晚上，我们靠着凉台的栏杆，赏玩海景的时候，妻又高兴地叫着说。

大海上一片静寂。在我们的脚下，波浪轻轻地吻着岩石，睡眠了似的。在平静的深暗的海面上，月光辟了一条狭而且长的明亮的路，闪闪地颤动着，银鳞一般。远处灯塔上的红光镶在黑暗的空间，象是一个宝玉。它和那海面银光在我们面前揭开了海的神秘——那不是狂暴的不测的可怕的神秘，那是幽静的和平的愉悦的神秘。我们的脚下仿佛轻松起来，平静地，宽怀地，带着欣幸与希望，走上了那银光的道路，朝着宝玉般的红光走了去。

"岂止成佛呵！"妻低声的说着，偏过脸来偎着我的脸。她心中的喜悦正和我的一样。

海在我们脚下沉吟着，诗人一般。那声音象是朦胧的月光和玫瑰花间的晨雾那样的温柔，象是情人的蜜语那样的甜美。低低地，轻轻地，象微风拂过琴弦，象落花飘到水上。

海睡熟了。

大小的岛屿拥抱着，偎依着，也静静地朦胧地入了睡乡。

星星在头上也眨着疲倦的眼，也将睡了。

许久许久，我们也象入了睡似的，停止了一切的思念和情绪。

不晓得过了多少时候，远处一个寺院里的钟声突然惊醒了海的沉睡。它现在激起了海水的兴奋，渐渐向我们脚下的岩石推了过来，发出哺哺的声音，仿佛谁在海里吐着气。海面的银光跟着翻动起来，银龙似的。接着我们脚下的岩石里就象铃子，铙钹，钟鼓在响着，愈响愈大了。

没有风。海自己醒了，动着。它转侧着，打着呵欠，伸着腰和脚，抹着眼睛。因为岛屿挡住了它的转动，它在用脚踢着，用手拍着，用牙咬着。它一刻比一刻兴奋，一刻比一刻用力。岩石渐渐起了战栗，发出抵抗的叫声，打碎了海的鳞片。

海受了创伤，愤怒了。

它叫吼着，猛烈地往岸边袭击了过来，冲进了岩石的每一个罅隙里，扰乱岩石的后方，接着又来了正面的攻击，刺打着岩石的壁垒。

声音越来越大了。战鼓声，金锣声，枪炮声，呐喊声，叫号声，哭泣声，马蹄声，车轮声，飞机的机翼声，火车的汽笛声，都掺杂在一起，千军万马混战了起来。

银光消失了。海水疯狂地汹涌着，吞没了远近的岛屿。它从我们的脚下浮了起来，雷似地怒吼着，一阵阵地将满带着血腥的浪花泼溅在我们的身上。

"可怕的海！"妻战栗地叫着说，"这里会塌哩！"

"那里的话！"

"至少这声音是可怕得够了！"

"伟大的声音！海的美就在这里了！"我说。

"你看那红光！"妻指着远处越发明亮的灯塔上的红灯说，"它镶在黑暗的空间，象是血！可怕的血！"

"倘若是血，就愈显得海的伟大哩！"

妻不复做声了，她象感觉到我的话的残忍似的，静默而又恐怖地走进了房里。

现在她开始起了回家的念头。她不再说那海是我们的话了。每次潮来的时候，她便忧郁地坐在房里，把窗子也关了起来。

"向来是这样的，你看！"退潮的时候，我指着海边对她说。"一来一去，是故事！来的时候凶猛，去的时候多么平静呵！一样的美！"

然而她不承认我的话。她总觉得那是使她恐惧，使她厌憎的。倘使我的感觉和她的一样，她愿意立刻就离开这里。但为了我，她愿意再留半个月。我喜欢海，尤其是潮来的时候。因此即使是和妻一道关在房子里，从闭着的窗户里听着外面模糊的潮音，也觉得很满意，再留半个月，尽够欣幸了。

一天，两天，我珍视的日子，已经过去了四天。我们的寺院里忽然来了两个肥胖的外国人，随带着一个中国茶房，几件行李，那是和尚们从轮船码头上接来的。当家的陪他们到我们的屋子里看了一遍，合了他们的意以后，忽然对我们对面住着的年青夫妻提出了迁让的要求。

"一样给你们钱，为什么要我们让给外国人？"他们拒绝了。

随后这要求轮到了我们，也得到了同样的回答。

当家的去后，别的和尚又来了，他们明白的说明了外国人可以多出一点钱的原因，要求我们四个人同住在一间房子里，让一间房子出来给外国人。他们甚至已经把行李搬到我们的厅里来了。

"什么话！"年轻的学生发怒了。"外国人出多少钱，我们也出多少钱就是！我们都有女眷，怎么可以同住在一间房子里！"

他们受不了这侮辱，开始骂了起来，终于立刻卷起行李，走了。妻也生了气，提议一道走。但我觉得这是常情，劝她忍受一下。

"只有十天了。管他这些！谁晓得什么时候还能再来听这潮音呵！"

妻的气愤虽然给我劝住了，但因她的感觉的太灵敏，却愈加不快活起来。她远远的看见了路上的香客，就以为是到这个寺院来住的，怀疑着我们将得到第二次的被驱逐。她觉察出当家的已几天没有来和我们打招呼，大小和尚看见我们的时候脸上没有笑容，菜蔬也坏了，甚至生了虫的。

"早些走吧！"妻时常催促我。

"只有八天了。"我说。

"不能留了！"过了一天，妻又催了。

"只有七天了。"

"只有六天，五天半了。"我又回答着妻的催促。

"等到将来我们有了钱，自己在海边造起房子来，尽你享受的，那时海就完全是你的了！"

"好了，好了，只有四天半了哩！以后不再到海边听潮也行。海是不能属于一个人的。造了房子，说不定还要做和尚的。"

然而妻终于不能忍耐了。这天晚上，当家的忽然跑来和我们打招呼，脸上没有一点笑容。

"香期快完了，大轮船不转这里，菜蔬会成问题哩！……"

我们看见他给外国人吃的菜比我们好而且多到几倍。他说这话，明明是一种逐客的借口，甚至是一种恫吓。

"我们就要走了！你不用说谎！"

"那里，那里！"他狡猾地微笑一下，走了。

"都是你糊涂！潮呀，海呀，听过一次，看过一次，就够了，偏要留着不肯走！明天再不走，还要等到人家把我们的行李摔出去吗？我刚才已经看见他们又接了两个香客来了！"妻喃喃地埋怨着。

"好，好，明天就走吧，也享受得够快乐了！"

"受了人家的侮辱，还说快乐！"

"那是常情，"我说，"到处都一样的。"

"我可受不了！"

"明天一上轮船，这些事情就成为故事了。二十四，二十三，二十二，二十一，十八，不是只有十八个钟头了吗？"我笑着说。

然而这时间也确实有点难以度过。第二天早晨，正当我们取了钱，预备去付账，声明下午要走的时候，我们的厅堂里忽然又搬进行李来了，正放在我们这一边。那正是昨天才来的香客。

妻气得失了色，说不出话来，只是瞪着眼睛望着我。不用说，当家的立刻又要来到，第一次的故事又要重演一次了。

"给这故事变一个喜剧让妻消一点闷吧！"我这样想着，从箱子里取出了军队里的制服，穿在身上，把那方绫的符号和银质的徽章特别露挂在外面，往厅里走了去。

当家的正从外面走了进来，看见我的奇异的形状，突然站住了。

他非常惊愕地注视着我，皱一皱眉头，又立刻现出了一个不自然的笑容。

"鲁……"他不晓得应该怎样称呼我了，机械地合了掌，"老爷，你好！"

"有什么事吗，当家的？"我瞪着眼望他。

"没有什么——特来请个安。唔！这是谁的行李？"他转过头去，问跟在后背的小和尚。

"这就是李先生的。"

"哼——阿弥陀佛！你们这些人真不中用！怎么拿到这里来了！我不是说过，安置在西楼上的吗？"

"师父不是说……"

"阿弥陀佛！快些拿去！快些拿去！——这样不中用！"

我看见了他对小和尚睐着眼睛。

"到我房子里坐坐吧，当家的，我正想去找你呢！"

"是，是，"他睁着疑惑的眼光注意着我的脸色，"请不要生气，吵闹了你，这完全是他们弄错了。咳！真不中用！请老爷多多原谅。"他又对站在我后背发笑的妻合着掌说："请太太多多原谅！"

"那里，那里！"我微笑地回答着。

我待他跟进了房里，从衣袋里摸出几张钞票，放在他面前说：

"我们今天要走了，当家的，这一点点香钱，请收了吧。"

他惊愕地站着，又机械地合了掌，似乎还怀疑着我发了气。

"原谅，老爷！我们太怠慢了！天气热得很，还请住过夏再走！钱是决不敢领的！"

为要使他安静，我反复地说明了要走的原因，是军队里的假期已满，而且还有别的重要的公事。钱呢，是给他买香烛的，必须给我们收下。他安了心，恭敬地合着掌走了，不肯拿钱。我叫茶房送去了两次，他又亲自送了回来。最后我自己送了去，说了许多话，他才收下了。

他办了一桌酒席，给我们送行，又送了一些佛国的特产和蔬菜。

"这一个玩笑开得太凶了！和尚也可怜哩！"现在妻的气愤不但完全消失，反而觉得不忍了。

"这只是平常的故事，一来一去，完全和潮一样的！"我说，"无爱无憎，才能见到真正的美，所以释迦成了佛呢！"

"无论你怎样玄之又玄，总之这海，这潮，这佛国，使我厌憎！"妻临行前喃喃的不快活的说。

她没有注意到当家的站在门口，还在大声的说着，要我们明年再来。

驴子和骡子

十一二年不曾骑驴子了，一到了驴子最多的西北，便想象从前似的常常骑着驴子去散闷。但为了没有从前那样的目的地，没有从前那样的朋友，我终于不曾下决心去骑驴子。

"不敢骑，不敢骑！"西北的一个朋友常常这样说着阻止我，当我抚着他的驴子的鞍子，想跳上去的时候。

他阻止我骑驴子，有两种意思：第一是我们一个南方人，不会骑驴子，骑了上去会摔下来；第二是驴子是下层阶级的人骑的，象我这样的人，出门应该躺在骡车里。

我懂得这是他的好意，虽然我不相信这些。但是他的阻止使我感觉到了悲哀，我也终于只抚了一会鞍子，慢慢走开了。

然而我不能忘记他的驴子。

那是一匹年轻的黑驴。高大雄健，有着骡子的风采。黑色的长毛发着洁泽的光，象一匹高贵的马。两只长耳朵上扎着红绳的结，象一个天真活泼的小孩。那样可爱的驴子在西北很不容易见到。就连西北人见了，也都是不息的称赞的。

它的主人到我住的地方来，每次骑着这匹驴子。每次见到这驴子，我总是想骑了上去。

"不敢骑！不敢骑！"

我悲哀地走开了。

然而我不能忘记这黑驴。它的主人阻止我的次数愈多，我想骑它的心愈切了。

有一天，趁着它的主人去看另外一个朋友，我终于到园子里，解了它拴着的绳子。

"就骑着它在这园子里走一会吧！"

我这样想着非常高兴的跷起左脚去踩那镫子。

突然它提起左边的一只蹄子，向我踢了过来。要不是我闪得快，它的蹄子正着在我的小肚上。

"唔！"我吃惊地叫着，想不到它会反抗。

"唬……"仿佛它觉得我骂了，它便发出这样的拖长的声音来恐吓我似的，张着嘴，磨一磨牙齿，偏着头，向我冲了过来。

"呵呀！"我叫着，闪开一边，连跑了几步，立刻放松绳子，只握着绳端，往身边的一棵小槐树旁连跑了两三个圈子，又把它拴住了。

"一匹刁驴！怪不得我的朋友不让我骑！"我心里想，但仍想骑上去。

它不安地踏了一阵蹄子，象防御我骑上去似的。随后看见我静静地站着，它也就静止了下来，用它的一只眼睛注意着我。

我偏着身子，从它的眼边慢慢地来去蹓了一阵，并不想再骑上去的样子。突然间，攀住坐鞍踏上了左镫，待它横过后身来，举起左蹄向我踢来的时候，我已经趁势跃在它的鞍上了。

它象愤怒了似的，紧忙地踏着蹄子，跳跃着后蹄，想把我掀下。

"不成呵！不成呵！"我喃喃地说着，紧紧地扳着鞍子。

它象懂得我的话，知道非屈服不可，不再动了。解了拴，它便走了起来。

但它并不依从我的指挥。我要它在园子里兜绕一转，它却只想往外面走。我勒着缰，怎样也不能阻止它所走的方向。

"也好！就到城外去！"我松了缰，扬着鞭子。

它立刻竖起耳朵，轻快地得得得得的走出大门，循着大路走了。转弯抹角，它全知道，用不着我拉扯缰绳。

我觉得非常快活，仿佛我骑的并不是驴子，却是鹤，飘飘然自由自在，在半空中飞着一样。过去的影子，山和水的姿态，城市与朋友的面容，全在我眼下现了出来，一阵阵掠了过去。

"喂！喂！站住！"我想喊出来，对着这一切的影子。

黑驴突然停住了，它象听到了我心里的话。

"喂！喂！怎么啦！怎么啦！"对面的人惊愕地喊着，拉住了我的黑驴。

那是一个卖馒头的贩子，在路边做买卖，我的黑驴知道他那用布盖着的篮子里有可口的食物，停了停，伸着颈，想去尝味了。

"对不住，对不住。"我歉然的说着，紧紧勒着缰。

但是它不肯动，偏着头，只想走近那篮子。卖馒头的帮着我拉扯，它仍挣扎着。

"不会骑！南方人！"有几个人笑着说了。

"给你拉一程吧！先生！"一个和善的本地人说着，走过来拉住了缰。"冲翻了人家的摊子，不是玩的哩！"

"劳驾！劳驾！"我感激的说，点一点头。

他接了我的鞭子，晃了一晃，用力一拉，黑驴立刻走了。

"到那里去呀，先生？"

"城外。"

"回去吧，你不会骑，这匹驴子不是你骑的哩！"

"不要紧！出了城就没事啦！"我回答着。

他不相信地笑了一笑，把我的驴子拉过大街，走了。

我不相信我不会骑驴子。十一二年前，我是常骑的。刚才的事，是我不留心，并非我骑驴子的本领差。我本来只想在园子里兜几个圈子，现在却非到城外去不可了。

我的驴子是好骑的。它已经很快地把我驮出东门，在车路上走着。脚步是迅快的。但我还要它快，我举起鞭子，在它的颈项上击了几下。

"得而……"我叫着。

它跑了，细步地唬唬的喷着气，开合着阔嘴，吞吐着舌头，扫摇着尾巴。我一手拿着鞭子，一手拿着缰，挺直了腰，完全象一个老骑驴子的人。

然而这至多象骑驴子，我现在必须象骑马的一样才痛快呢。

"得而……得而……得而……"

我接连的叫着，用镫子踢着它的肚子，前一鞭后一鞭的打了几下。

它跳跃着跑了，完全和马一样。我挺直了腰，挺直了腿，作出立的姿势，让屁股轻松地一上一下的落在鞍上。有时又让自己的身子微微往后倾仰着。

　　我又年青了。骑着驴子这样跳跃着跑，只有从前在徐州是这样的。现在只少了那些朋友。然而也很满意了。前面村庄边不也来了三个骑驴子的青年吗？

　　我收了鞭子，松了缰，黑驴便缓了下来，恢复了最先的步伐。

　　对面的坐骑愈走愈近了。我的黑驴竖着耳朵，在倾听着它们的脚步声似的，迎了过去。

　　"唉……"它忽然拖长着声音，叹息似的叫了起来，饥渴地往迎面第一匹的灰驴的头边伸过自己的颈项去。

　　"喂！喂！喂！拉开！拉开！"那匹灰驴的主人着了急，叫着，一面勒转了灰驴的头。

　　黑驴偏着头，横过身子去，呼呼喘着气，燥急地张着嘴，要去咬灰驴的身体。

　　我慌了。原来直到现在，我才知道我的黑驴是一匹叫驴，不是母的，现在遇到了异性，它的欲求爆发了。这真不是好玩的，它的主人不让我骑它，这应该是一个最大的原因。

　　它决不依从我的意志。我拚命的把它的头从右边拉过来，它拚命的想从左边转过头去，我拚命的把它从左边拉过来，它又想从右边转过去了。它横着身子，偏着身子，踏着脚，只想走近那匹灰驴。皮缰刺刺响着，仿佛快给它挣扎断，给它咬断了一样。它甚至跳跃着后脚，想把我掀下来。我鞭着，踢着，骂着，它只在那里转着圆圈。

　　"不能放松！不要放松！让我们过去！"

　　待他们的坐骑的蹄声远了，黑驴才渐渐平静下来，开始不快

活地滞缓地向村庄那边走了去。

大路只在村庄外经过，并不通过那村庄，但是黑驴却要走进村庄去。经过许久的挣扎，我又只好让了步，随它走去。

它熟识那里的路，知道那里有饲驴的槽和水桶，一直走到那些东西前面就停了步。但那里没有人。我相信它也并不饿，我不能在这里饲它。我鞭着叫它走，它只是站着，望着那空槽和空桶，和刚才一样，我把它的头拉过来，它又回过头去，打着转身。

和它相持了一会，我只得跳下来，用力的拖着它走。但这也不是容易的事，出了一身汗，我才把它拉到村庄外的大路上。

"够啦！够啦！"我喃喃的说着，决定回到城里去。

它又不肯依从我。这条路是到它主人家里去的路，它要回到那边去。我骑上了又跳下来，拉着鞭着许久它才屈服，非常不高兴似的，懒洋洋地用着沉重的脚步走了起来，和骆驼一样。

我疲乏了。我需要休息。但这滞缓的步伐使我更加疲乏，我鞭着，踢着，叫着，它只是原样地走着，不肯加快它的脚步。

"可恶的畜生！"我一面骂着，一面鞭着，踢着。

它索性不动了。低着头，象失去了知觉，四脚钉着地，完全和一块石头一样。

"这可恶的畜生！现在变了样，装起死来啦！这是什么意思呀！"我非常愤怒的说，仍用力的鞭着，踢着。

它并不挣扎，它不怕痛。为了什么呢？我知道它没意思驮着我走了。

"畜生！"我喃喃的骂着，只好又跳了下来。

果然它下了负担，立刻走了。

"唉！唉！"我窘得叹着气，走了一里路光景，才又骑了上去。

它仍不愿意驮着我走，脚步又慢了下来，全不理我鞭着踢着。

不但如此，它现在又来了一种可怕的花样了。

它走着走着，忽然出我不意，曲下前腿，做出跌跤的姿势，跪倒地上，把我从它的头上掀下来，翻了一个筋斗。同时，它又立刻站了起来，几乎踏着了我的面孔，倘若我不迅速地连爬带跳的闪开去。

"嗳！嗳！"是我的朋友，黑驴的主人的声音。

他骑着一匹骡子，从小路追了来。刚走上我附近的一条沟，便看见我给黑驴摔下在地上。

"还不是不会骑！"他下了骡子，扶起我说，"早就对你说过不好骑，你偏不听我的话！现在怎么啦？"

我拍去身上的灰土，摸着疼痛的头颈，足足地站了许久，说不出话来。

我现在才明白，这畜生有着和人一样的生的欲求，甚至还有比人更聪明更强烈的挣扎与反抗的勇气。

我不知道我到了那里。

天上没有太阳，辨不出东南西北。我的头上满是灰白的云，地上没有山水草木，没有村落，也没有其他的行人和车辆。展开在我眼前的，只是一片荒凉无际的灰白的大地，我无从知道我走了多少路程，因为这路程对我是生疏的，而一路又没有可以做标

识的东西。我又无从计算时间，因为我的手表早已停止了。

这样的旅途，要是在别一个时候，一定使我起了苦寂之感。但因为我是一个聪明的人，我现在有了诗人的别一种感觉。我觉得我现在仿佛在别一个世界旅行着，是在地球以外的一个地上或天上旅行着。迎面扑来的空气没有煤烟的气息，象是半空中的大气。骡子脚蹄下扬起来的尘土，犹如空中的云。我的车轮就在云中辗动，轻柔而且静肃。

我不知道我到了那里，也忘记了去的方向和目的。我不需要知道这些，记得这些。我已经占有了整个的空间和时间。

"我是这世界的主人！"我自言自语的说。

坐在车杠上的车夫听见了我说话的声音，忽然回过头来望了我一下，以为我在催促他赶路，立刻挥动鞭子，接连的鞭着骡子，叫了起来：

"得而……得而……得而……"

骡子被迫着向前疾驰了，得得得得，细步地，前蹄才落地，后蹄就跃开地面，前部的身子还没有松下车轭的重量，后部的身子已挺了起来承受着车杠。车杠是硬木做的，厚而且长，后面连着两个和它身子一样高的砌着铁片的笨重的大轮子。坐在车篷内的是我和朋友，车篷外坐着车夫，捎在车内和车外的是两只大箱子，一个被包，一个呆笨的网篮。车篷外的左右侧又悬着两捆沉重的毡子。这一切，七八百斤的重载，都交给了一个骡子，要它拖着走。

它从黎明起，还不曾有过好好的休息。我们和车夫都已经吃过一次干粮，它还只喝过一次水。虽然无从计算时间，推想起来也该过了中午，它应该很饿了。

然而它不能停止它的蹄子，而且还须跳跃着跑。它的眼前晃着鞭子，耳边响着叱咤的声音，它的脚步稍一迟缓，鞭子就落在它的身上了。它疲乏，饥饿，但仍不能不喘着气，拖着重负跑着。它的生命不属于它自己，那是它主人的。

对着这可怜的轭下的骡子，我禁不住埋怨自己起来。我觉得倘若我没有这旅行，也许它今天可以得到休息；倘若我多出一点钱，把行李另外装一个车子，至少可以减少它的一些负担的。然而现在已经来不及了。

为什么我有这旅行呢？我到那里去呢？我现在记起了我的旅行的动因和目的了。

我原来是为的生活。我的肩上套着一个轭，这轭紧系着两条车杠，后面车篷内外有着沉重的负载。我拖着这重负走入了荒凉的旅途。

我愿意卸脱这重负，我需要休息，我渴望着明媚的山水，愿意休息在那里。

然而生活拿着鞭子在我的眼前晃着，在我的耳边叱咤着。我不能迟缓我的脚步。

这是一种辛苦的生活，但因为我是一个聪明的人，我有着诗人一般的感觉。我感觉到快活，觉得世界是属于我的。

"得而……得而……"车夫又扬起鞭子叫了。

骡子是畜生，它应该不会有我那样的感觉。

杨　梅

过完了长期的蛰伏生活，眼看着新黄嫩绿的春天爬上了枯枝，正欣喜着想跑到大自然的怀中，发泄胸中的郁抑，却忽然病了。

唉，忽然病了。

我这粗壮的躯壳，不知道经过了多少炎夏和严冬，被轮船和火车抛掷过多少次海角与天涯，尝受过多少辛劳与艰苦，从来不知道颤栗或疲倦的呵，现在却呆木地躺在床上，不能随意的转侧了。

尤其是这躯壳内的这一颗心。它历年可是铁一样的。对着眼前的艰苦，它不会畏缩；对着未来的憧憬，它不肯绝望。对着过去的痛苦，它不愿回忆的呵。然而现在，它却尽管凄凉地往复的想了。

唉，唉，可悲呵，这病着的躯壳的病着的心。

尤其是对着这细雨连绵的春天。

这雨，落在西北，可不全象江南的故乡的雨吗？细细的，丝一样，若断若续的。

故乡的雨，故乡的天，故乡的山河和田野……还有那蔚蓝中衬着整齐的金黄的菜花的春天，藤黄的稻穗带着可爱的气息的夏天，蟋蟀和纺织娘们在濡湿的草中唱着诗的秋天，小船吱吱地触着沉默的薄冰的冬天……还有那熟识的道路，还有那亲密的故居……

不，不，我不想这些，我现在不能回去，而且是病着，我得让我的心平静；恢复我过去的铁一般的坚硬，告诉自己，这雨是落在西北，不是故乡的雨——而且不象春天的雨，却象夏天的雨。

不要那样想吧，我的可怜的心呵，我的头正象夏天烈日下的汽油缸，将要炸裂了，我的嘴唇正干燥得将要迸出火花来了呢。让这夏天的雨来压下我头部的炎热，让……让……

唉，唉，就说是故乡的杨梅吧……它正是在类似这样的雨天成熟的呵。

故乡的食物，我没有比这更喜欢的了。倘若我爱故乡，不如就说我完全是爱的这叫做杨梅的果子吧。

呵，相思的杨梅！它有着多么惊异的形状，多么可爱的颜色，多么甜美的滋味呀。

它是圆的，和大的龙眼一样大小，远看并不希奇，拿到手里，原来它是遍身生着刺的哩。这并非是它的壳，这就是它的肉。不知道的人，一定以为这满身生着刺的果子是不能进口的了，否则也须用什么刀子削去那刺的尖端的吧？然而这是过虑。它原来是希望人家爱它吃它的。只要等它渐渐长熟，它的刺也渐渐软了，平了。那时放到嘴里，软滑之外还带着什么感觉呢？没有人能想得到，它还保存着它的特点，每一根刺平滑地在舌尖上触了过去，细腻柔软而且亲切——这好比最甜蜜的吻，使人迷醉呵。

颜色更可爱呢。它最先是淡红的，象娇嫩的婴儿的面颊，随后变成了深红，象是处女的害羞，最后黑红了——不，我们说它是黑的。然而它并不是黑，也不是黑红。原来是红的。太红了，所以象是黑。轻轻的啄开它，我们就看见了那新鲜红嫩的内部，同时我们已染上了一嘴的红水。说它新鲜红嫩，有的人也许以为一定象贵妃的肉色似的荔枝吧？嗳，那就错了。荔枝的光色是呆板的，象玻璃，象鱼目；杨梅的光色却是生动的，象映着朝霞的露水呢。

滋味吗？没有十分成熟是酸带甜，成熟了便单是甜，这甜味可决不使人讨厌，不但爱吃甜味的人尝了一下舍不得丢掉，就连不爱吃甜味的人也会完全给它吸引住，越吃越爱吃。它是甜的，然而又依然是酸的，而这酸味，我们须待吃饱了杨梅以后，再吃别的东西的时候，才能领会得到。那时我们才知道自己的牙齿酸了，软了，连豆腐也咬不下了，于是我们才恍然悟到刚才吃多了酸的杨梅。我们知道这个，然而我们仍然爱它，我们仍须吃一个大饱。它真是世上最迷人的东西。

唉，唉，故乡的杨梅呵！

细雨如丝的时节，人家把它一船一船的载来，一担一担的挑来，我们一篮一篮的买了进来，挂一篮在檐口下，放一篮在水缸盖上。倒上一脸盆，用冷水一洗，一颗一颗的放进嘴里，一面还没有吃了，一面又早已从脸盆里拿起了一颗，一口气吃了一二十颗，有时来不及把它的核一一吐出来，便一直吞进了肚里。

"生了虫呢……蛇吃过了呢……"母亲看见我们吃得快，

吃得多，便这样的说了起来，要我们仔细的看一看，多多的洗一番。

但我们并不管这些，它成了我们的生命，我们越吃越快了。

"好吃！好吃！"我们心里这样想着，嘴里却没有余暇说话。待肚子胀上加胀，胀上加胀，眼看着一脸盆的杨梅吃得一颗也不留，这才呆笨地挺着肚子，走了开去，叹气似的嘘出一声"咳"来……

唉，可爱的故乡的杨梅呵。

一年，二年……我已有十六七年不曾尝到它的滋味了。偶而回到故乡，不是在严寒的冬天，便是在酷热的夏天，或者杨梅还未成熟，或者杨梅已经落完了。这中间，曾经有两次，在异地见到过杨梅，比故乡的小，比故乡的酸，颜色又不及故乡的红。我想回味过去，把它买了许多来。

"长在树上，有虫爬过，有蛇吃过呢……"

我现在成了大人，有了知识，爱惜自己的生命甚于杨梅了。我用沸滚的开水去细细的洗杨梅，觉得还不够消除那上面的微菌似的。

于是它不但更不象故乡的，简直不是杨梅了。我只尝了一二颗，便不再吃下去。

最后一次我终于在离故乡不远的地方见到了可爱的故乡的杨梅。

然而又因为我成了大人，有了知识，爱惜自己的生命甚于杨梅，偶然发现一条小虫，也就拒绝了回味的欢愉。

现在我的味觉也显然改变了，即使回到故乡，遇到细雨如丝

的杨梅时节，即使并不害怕从前的那种吃法，我的舌头应该感觉不出从前的那种美味了，我的牙齿应该不会象从前似的能够容忍那酸性了。

唉，故乡离开我愈远了。

我们中间横着许多鸿沟，那不是千万里的山河的阻隔，那是……

唉，唉，我到底病了。我为什么要想到这些呢？

看呵，这眼前的如丝的细雨，不是若断若续的落在西北的春天里吗？

清　明

晨光还没有从窗眼里爬进来，我已经钻出被窝坐着，推着熟睡的母亲：

"迟啦，妈，锣声响啦！"

母亲便突然从梦中坐起，揉着睡眼，静默地倾听着。

"没有的！天还没亮呢！"

"好象敲过去啦。"

于是母亲也就不再睡觉，急忙推开窗子，点着灯，煮早饭了。

"嘉溪上坟去啰！……喤喤……五公祀上坟去啰！……"待母亲将饭煮熟，第一次的锣声才真的响了，一路有人叫喊着，从桥头绕向东芭弄。

我打开门，在清白的晨光中，奔跑到埠头边：河边静悄悄的，不见一个人，船还没有来。

正吃早饭，第二次的锣声又响了，敲锣的人依然大声的喊着：

"嘉溪上坟去啰！……喤喤……五公祀上坟去啰！……"

我匆忙地吃了个半碗，便推开碗筷，又跑了出去。这时河边显得忙碌了。三只大船已经靠在埠头，几个大人正在船中戽水，铺竹垫，摆椅凳。岸上围观着许多大人和小孩，含着紧张的神情。我呆木地站着，心在辘辘地跳动。

"慌什么呀！饭没有吃饱，怎么上山呀？快些回去，再吃一碗！"母亲从后面追上来了。

"老早吃饱啦！"

"半碗，怎么就饱啦！起码也得吃两碗！回去，回去！"

"吃饱啦就吃饱啦！谁骗你！"我不耐烦的说。

于是母亲喃喃地说着走回家里去了。

埠头边的人愈聚愈多了，一部分人看热闹，一部分人是去参加上祖先的坟的。有些人挑羹饭，有些人提纸钱，有些人探问何时出发。匆忙噪闹，仿佛平静的河水搅起了波浪。我静默地等着，心中却象河水似的荡漾着。

"加一件背心吧，冷了会生病的呀！"

我转过头去，母亲又来了，她已经给我拿了一件背心来。

"走起来热煞啦，还要加背心做什么？拿回去吧！"我摇着头，回答说。

"老是不听话！"母亲喃喃地埋怨着，用力把我扯了过去，亲自给我穿上，扣好了扣子。

这时第三次的锣声响了。

"嘉溪上坟去啰！……喤喤……五公祀上坟去啰……船要开啦……船要开啦……"

岸上的人纷纷走到船上，我也就跳上了船头。

"什么要紧呀！母亲又叫着说了，"船头坐不得的！……船舱里去！……听见吗？"

我只得跳到船头与船舱的中间，坐在插纤竿的旁边。

但是母亲仍不放心，她又在叫喊了：

"坐到船底上去，再进去一点！那里会给纤竿打下河去的呀！"

"不会的！愁什么！"我不快活地瞪着眼睛说。

"真不听话！……阿成叔，烦你照顾照顾这孩子吧！"她对着坐在我身边的阿成叔说。

"那自然，你放心好啦！你回去吧！"

但是母亲仍不放心，站在河边要等着船开走。

这时三只大船里都已坐满了人，放满了东西。还不时有人上下，船在微微的左右倾侧着。

"天会落雨呢！"

"不会的！"

"我已带了雨伞。"

"我连木屐也带上了。"

船上忽然有些人这样说了起来。我抬头望着天上，天色略带一点阴沉，云在空中缓慢地移动着，远远的东边映照着山后的阳光。

"开船啦！开船啦！……嗤嗤……"这是最后一次的锣声了，敲锣的接着走上我们这只最后开的船，摇船的开始解缆了。

我往岸上望去，母亲已经不在岸上，不知什么时候走的。我喜欢坐在船头上，这时便又扶着船边，从人丛中向前挤了两三步。

"不要动！不要动！会掉下水里去！"阿成叔叫着，但他已经迟了。

"好吧，好吧！以后可再不要动啦！"摇船的把船撑开岸，叫着说。

"你这孩子好大胆！……再不要动啦！"我身边一个祖公辈的责备似的说了，"你看，你妈又来了哪！"

我把眼光转到岸上，母亲果然又来了。她左手挟着一柄纸伞，摇着右手，叫着摇船的人，慌急地移动着脚步，一颠一簸，好象立刻要栽倒似的追扑了过来。

"船慢点开！……阿连叔！……还有一把伞给小孩！……"

但这时船已驶到河的中心，在岸上拉纤的已经弯着背跑着，船已咽咽咽的破浪前进了。

"算啦！算啦！不会下雨的！"摇船的阿连叔一面用力扳着橹，一面大声的回答着。

母亲着慌了，她愈加急促地沿着船行的方向奔跑起来，一路摇着手，叫着："要落雨的呀！……拉纤的是谁！……慢点走哪！"

我在船上望见她跟跄得快跌倒了，着了急，忽然站了起来，用力踢着船沿。船突然倾侧几下，满船的人慌了，这才大家齐声的大喊，阻住了拉纤的人。

"交给我吧，到了桥边会递给他的。"一个拉纤的跑回来，向母亲接了伞，显出不快活的神情。

这时母亲已跑到和船相并的地方站住了。我看见她一脸通红，额上象滴着汗珠，喘着气。

"真是多事，那里会落雨！落了雨又有什么要紧！"我暗暗的埋怨着，又大声叫着说："回去吧，妈！"

"好回去啦，好回去啦！"船上的人也叫着，都显出不很高兴的神情。

船又开着走了。母亲还站在那里望着，一直到船转了湾。

两岸的绿草渐渐多了起来，岸上的屋子渐渐少了。河水平静而且碧绿，只在船头下咽咽地响着，在船的两边翻起了轻快的分水波浪。船朝着拉纤的方向倾侧着。一根直的竹做的纤竿这时已成了弓形，不时发出格格的声音，顶上拴着的纤绳时时颤动着，一松一紧地拖住了岸上三个将要前仆的人的背，摇橹的人侧着橹推着扳着，船尾发出劈拍的声音，有些地方大树挡住了纤路，或者船在十字河口须转方向，拉纤的人便收了纤绳，跳到船上，摇橹的人，开始用船尾的大橹拨动着水，船象摇篮似的左右荡漾着慢慢前进。

一湾又一湾，一村又一村，嘉溪山渐渐近了，最先走过狮子似的山外的小山，随后从山峡中驶了进去。这里的河面反而特别宽了，水流急了起来，浅滩中露着一堆堆的沙石。我们的船一直驶到河道的尽头，船头冲上了沙滩。现在船上的人全上岸了。我和几个十几岁的同伴早已在船上脱了鞋袜，卷起了裤脚，不走山路，却从沁人的清凉的溪水里走向山上去，一面叫着跳着，象是笼里逃出来的小鸟。

祖先的故墓是在山麓的上部，那里生满了松树和柏树。我们几个孩子先在树林中跑了几个圈子，听见爆竹和锣声，才到坟前拜了一拜，拿了一枚竹签，好带回家里去换点心。随后跑向松树林中，爬了上去采松花，装满了衣袋，兜满了前襟，听见爆竹和锣声又一直奔下山坡，到庄家那里去吃午饭。这时肚子特别饿了，跑到庄前就远远地闻到了午饭的香气。我平常最爱吃的是毛笋烤咸菜，这时桌上最多的正是这一样菜，便站在长桌旁，挤在大人们的身边，开始吃了起来。饭虽然粗硬，菜虽然冷，却觉得特别的有味，一连吃了三大粗碗饭。筷子一丢，又往附近去跑了。隆重的热闹的扫墓典礼，我只到坟边学样地拜了一拜，我的目的却在游玩。但也并不知道游玩，只觉得自由快乐，到处乱跑着。

回家的锣声又响时，果然落雨了。它象雾一样，细细的袭了过来。我挟着雨伞，并不使用，披着一身细雨，踏着溪流，欢乐的回到了泊船的河滩上。

清明节就是这样的完了。它在我是一个最欢乐的季节。

这样的季节，现在已有二十年左右没有遇到了。再要回到故乡，倘若正遇到了清明节，决不会再有这样欢乐了。

父亲已经在地下，母亲也正在时时刻刻的准备往那条路上去……我怕遇到清明节……

西安印象记

一　乌鸦的领土

一九三四年八月底，我离开了炎夏的上海，到了凉秋的西安。这里是被称为中华民族的文化发源地，和历代帝皇的建都所在，而现在又是所谓开发西北的最初的目标，被指定为陪都的西京。

我曾经到过故都北京，新都南京，现在又有了在陪都西京少住的机会，我觉得是幸福的，我急切地需要细细领会这里的伟大，抱着满腔的热情。

但是凄凉的秋雨继续不断的落着，把我困住了。西安的建设还在开始的尖梢上，已修未修和正在修筑的街道泥泞难走。行人特殊的稀少，雨天里的店铺多上了排门。只有少数沉重呆笨的骡车，这时当做了铁甲车，喀辘喀辘，忽高忽低，陷没在一二尺深的泥泞中挣扎着，摇摆着。一切显得清凉冷落。

然而只要稍稍转晴，甚至是细雨，天空中却起了热闹，来打破地上的寂寞。

"哇……哇……"

天方黎明，穿着黑色礼服的乌鸦就开始活动了，在屋顶，在树梢，在地坪上。

接着几十只，几百只，几千只集合起来，在静寂的天空中发出刷刷的拍翅声，盘旋地飞了过去。一队过去了，一队又来了，这队往东，那队往西，黑云似的在大家的头上盖了过去。这时倘若站在城外的高坡上下望，好象西安城中被地雷轰炸起了冲天的尘埃和碎片。

到了晚上，开始朦胧的时候，乌鸦又回来了，一样的成群结队从大家的头上刷了过来，仿佛西安城象一顶极大的网，把它们一一收了进去。

这些乌鸦是长年住在西安城里的；在这里生长，在这里老死。它们不象南方的寒鸦，客人似的，只发现在冷天里，也很少披着白色的领带。它们的颜色和叫声很象南方人认为不祥的乌鸦，然而它们在西安却是一种吉利的鸟儿。据说民国十九年西安的乌鸦曾经绝了迹，于是当年的西安就被军队围困了九个月之久，遭了极大的灾难。而现在，西安是已经被指定作为国民政府的陪都了，所以乌鸦一年比一年多了起来，计算不清有多少万只，岂非是吉利之兆？

它们住得最多的地方，是近顷修理得焕然一新，石柱上重刻着"文武官吏到此下马"的城南隅孔圣人的庙里，和它的后部黑暗阴森得令人毛骨竦然的碑林，其次是在城北隅有着另一个坚固堂皇的城堡，被名为新城的绥靖公署，再其次是隔在这两个大建筑物中间，一个由西北大学改为西安高中，一个由关东书院改为西安师范的学校里，这几个地方，空处最多，最冷静，树木也最多，于是乌鸦们便在这里住着了。

它们并不会自己筑巢，到了晚上，它们只是蹲在树梢间，草地上，屋檐下，阶石上。

秋天将尽，各处的树叶开始下坠的时候，各机关的庶务恨它们不作一次落尽，扫不胜扫，便派了几个工人，背着很大的竹竿，连碧绿的树叶和细枝也做一次打了下来。于是到了晚上，乌鸦便都躲到檐下去了。然而太多了，挤不胜挤，有些迟到的，就只好仍缩做一团，贴在赤裸的树枝上，下起雪来，也还在那里过夜，幸亏它们是有毛的。有时无意中有人走过去，或者听到了什么声音，只要有一只在朦胧中吃了惊，刷的飞到别处，于是这一处的安静便被搅翻了，它们全都飞动起来。

然而在白天，它们却和人很亲近，而人也并不把它们当做异类看待。它们常在满是行人的最热闹的街道上出现，跳着，立着，走着，有时在贩子的担子旁望着，贩子看它们站得久了，便喃喃地丢给他们一些食物。

西安人引为美谈的是，它们和城门的卫兵最是知己。早晨城门未开，它们是不出去的，晚上它们没有统统回来，卫兵是不关城门的。虽然它们进城出城是在城墙上飞过，但完全依照着城门开闭的时间。

这里完全是乌鸦的领土。中国国民党要人邵元冲被命西行的时候，据说在甘肃境界的某一个山上见到了一种数千年不易一见的仙鹤，认为是国家祯祥的征兆，曾经握着生花的笔，挥就了几首咏鹤的诗，登载在各地的大报上，至今传为名句，但惜他经过西安的时候，没有留下咏乌鸦的诗句，可谓憾事。

二　幻觉的街道

天气静定了，街道干燥了，我开始带着好奇的眼光，到这个生疏的景仰的陪都的街道上去巡礼。

果然我的眼福颇不浅，走到东大街的口子，新筑的辽阔的马路，和西边巍峨的钟楼以及东边高大的城门便都庄严地映入了我的眼帘，我不禁肃然起敬了，仿佛觉得自己又到了故都北平的禁城旁。马路上来往的呜呜的汽车，叮当叮当的上海包车式的人力车，两旁辘辘地搅起了一阵阵烟尘的骡车，以及宽阔的砖阶上来往如梭的行人，——这一切都极象我十年前所见的北平。

东大街是西安城里最热闹的街道，岂止两旁开满了各色各样的店铺，就连店铺外面的人行道上也摆满了摊子。这些摊子上摆着的是水果，是锅盔，是腊肉，是杂货，是布匹，是古董……

而其中最多的是窑的，磁的，玉的，比酒杯大，比茶杯小的奇异的瓶子和盅子，其次是铜的，钢的，铁的，比钻子长的挑针，短短的弯形的剔刀和圆头的槌子，随后是三四寸高的油灯，一寸多高的长方形的花边的木的或铜的盘子……

我仿佛觉得自己走到了小人国里，眼前的钟楼在我的脚底下过去了，熙熙攘攘的人类全成了我脚下的蚂蚁，一路行来，不知怎样忽然到了南院门陕西省党部的高大的墙门口——于是我清醒了，原来依然在历代帝皇建都的所在，被指定为陪都的西京。

我定了定神，带着好梦未圆的惆怅的神情，低着头，在党部的门口，一处圆形的花园似的围墙外转起圈子来。

但这里围墙又是矮小的，不及我膝盖的高，蹲在围墙外的人物又成了小人国里的人物，他们面前的瓶子，盅子，挑针，剔刀，槌子，油灯，盘子，亮晶晶地发着奇异的光辉，比我一路来所见的更加精致，更加美丽了……

"怎么呀！"我用力从喉咙里喊了出来，睁大着眼睛。

我又清醒了。我仍在被指定为陪都的西京。不知怎样的天色已经朦胧起来，我已经走到了一条不认识的偏僻的巷子里，我不觉起了恐慌，辨不出东西南北，两旁住家的大门小门全关得紧紧的。

忽然间，前面的灯光亮了。是在地平线上，淡黄色，忽明忽暗。

"着了魔了不成！"我敲敲自己的额角，不相信那是鬼火，放胆地朝前走了去。

"吱……吱……"

我听见了一种声音，闻到了一阵气息，随后见到了一家大门口横躺着两个褴褛的乞丐，中间放着的正是我一路所见的那些小玩艺似的器具，只少了一个盘子。

我站住了脚，皱着眉，用力往黑门铜环上望去，模糊中看见上面写着两个熟识的大字："彭寓"。

哦，我记起来了，我曾经在这里走过，见到一辆汽车在这门边停下，据说就是省政府委员的住宅，这条巷子仿佛叫做什么永居巷吧？

我现在认识路径了，一弯一转，到了一条较小的街道。

天虽然渐渐黑了下来，左右还有许多没有招牌的小店铺正点了灯，在锅边忙碌着的柜台上装油酒似的瓦缸里取出或放入一些什么东西。柜外站满了人。

一种特殊的气息从这些小店铺的锅灶上散布出来，前后相接的迷漫住了一条极长的街道。

我觉得醉了，两脚踉跄地，跑进了一个学生的家里。

"请请，躺下，躺下，……不远千里而来，疲乏了，兴奋兴奋……"

学生的父亲端出了一副精致的礼物，正是我一路来所见的那些玩意，放在炕上，把我拖倒，给了我一块砖泥的枕头，开始用挑针从翡翠的盅子里挑出一点流质来，于是这些流质便在灯火上和在他搓捻着的手指间渐渐地干了，大了，圆了。

"不会，不会，从来不曾试过。"我说着站了起来。

主人也站起来了，他愤怒地拿着一支木枪，向我击了下来，大声的喊着：

"不识抬举的东西！……因为你是我儿子的先生，我才拿出这最恭敬的礼物来！……"

我慌忙逃着走了。

前面是车站，我一直跑了进去。

"检查，检查！"武装的警察背着明晃晃的枪刀围了上来，夺去了我手中的皮包。

"查什么呀？"我大胆地问。

"烟土！"他们瞪着眼说，随后里外翻了一遍，丢在地上说："滚你的蛋！"

我慌忙拾起，往里走了去，相隔十步路又给人围住了。那是挂着禁烟委员会的徽章的。

"刚才检查过了。"我说。

"不相干!"他们又夺去了我的皮包,开了开来,猫儿似的用鼻子闻了几次,用刀子似的长针这里那里钻了几个洞,随后又掷在地上,说:"走!"

我于是进了站去买票了。

"检查!"但是车站的职员又把我围住了。

"关你们什么事!"我愤怒得叫着说。

"滚开!——上司命令!……"他们把我的皮包丢进房里,把我一脚跌出了车站……

我清醒了。我已经到了我的寓所。妻子孩子,全在这里,不复是在幻觉中了,仍然在被指定的陪都里。

"什么事,这样迟呀?"妻问了。

"唉!"我只叹了一口气,顺手拿起一张西京的报纸来解闷。

"胡说!"过了一会,我笑着说了,把报纸提给妻看。

那上面登载着一段荒唐的新闻,说是西安某一条巷子,姓某名某的寡妇,平常酷爱一只黑白相间的花猫,数日前因事他去,留猫在家,日前回来,猫竟奄奄一息了。给它水喝,给它馍吃,牙关紧闭,一无办法,某寡妇把它放在炕上,陪着眼泪,哽咽不能成声,烧起烟来解闷,几分钟后,猫儿忽然活了,后来才知道它是烟味上了瘾的。

"难道不晓得跑到人家的门口去?"妻说,"那里闻不到烟味?"

我静默了,不想立即把刚才的幻觉告诉她,怕她担忧我的健康。

三　苍蝇的世界

一九三五年一月，开发了数年的西北，巨大的唯一的建设完成了：陇海铁路已经由潼关西引了几百里，到了西安。

现在全城鼎沸了，政府当局为西北人民造福利的大功告成，得意自不待说。站在文化前线的报纸出增刊来庆祝，也是例有的事。从未见过这怪物的男女老少，也自然都从屋角里跑到了车站，成千上万的围观着，啧啧地叹美着那世界上的奇迹。

"呜……呜……呜……。"

它带来了拥挤的旅客，山一样的货物。

于是西安就突飞猛晋的变成了物质文明的都市。最先增加起来的是旅馆饭店，随后是洋房子大商店，最后是金碧辉煌的电影场和妓院。

因着最高军事领袖的几次莅临，中央代表的扫墓祭祖和伟人名流的参观调查，西安城中的各主要马路也迅速地修筑起来了。

叽哩咕噜叽哩咕噜，马路上充满了异样的方言。

于是冬去春来，春去夏来，半年之中，西安城里人满了。于是苍蝇也多了。

嗡嗡嗡，嗡嗡嗡嗡。

飞进了窗子，飞进了门户，坐在凳子上，伏在桌子上，躺在床铺上，挂在墙壁上，你来了它走了，你走了它来了，喝你的茶，吃你的饭，随后粘在你衣上，站在你头上，扯你的耳朵，拍你的眉毛，摸你的鼻子，吻你的嘴唇……最先是灰黑色的小的，随后是芝麻模样起斑点的大的，最后是红头绿背的肥胖的……或则长襟短袖，鬐发蓬松，象年青的舞女，或则西装革履，轻揉活泼，象摩登的男子，或则长袍马褂，严词厉色，象老年的政客……或作婀娜的媚态，或作纵跳的姿势，或作危坐的模样……有些突着臀部，有些挺着腰背，有些翘着胡髭……

嗡嗡嗡嗡嗡嗡……

自外而内，自内而外，自上而下，自下而上，自左而右，自右而左，前后络绎，往来交织，纷忙杂乱叫嚣喧哗……忽作散兵形，忽作密集队，忽从天花板上掷下炸弹，忽从痰盂中轰起地雷，一眨眼间，到处都是枪弹的痕迹……

"活不成啦，活不成啦！……"大家都嚷了起来。

于是我得化钱了：纱窗，门帘，臭药水，苍蝇拍，一咕儿办来了一大批。

门窗全关上了，我们开始了总攻击。

拍拍拍，拍拍拍……

桌上，凳上，墙上，地上，一个一个，一堆一堆，黑的脓浆，红的脓浆，断头的断头，破肚的破肚，血肉模糊，尸如山积。

随后扫的扫，揩的揩，房内就显得安静而清洁。

但这也只是一时，过了不久，一批新的队伍又袭入房里了。从破洞里，从门缝里，被人带了进来，被器具载了进来。

于是第二次攻击又开始了，于是第三次攻击又开始了，……一天到晚忙个不停。

而苍蝇仍占据着各个城堡，各个碉楼，各个山岗，各个战壕……随时向人袭来。

我们陷入了困苦的境况中：这个肚痛了，那个呕吐了，这个下痢了，那个发热了，这个……

于是我们去找它们的大本营，发现在厕所里。原来已经有半个月以上没有粪夫来光顾了。

两个小小的前后院里，住着六个浙江人，三个山西人，六个陕西人，而厕所只有一个，厕所里的粪坑只有两个，小便是没有东西盛的，因为粪夫不要湿的肥料，因此满地都是一潭潭汪洋的尿，大家走不进去了，便不复到里面的粪坑上大便，这里那里随地蹲下排泄，一直到了厕所的门边。

从这汇集这些卷宗的大坑是在偏僻的城南隅，下马陵的附近，最近因为董仲舒的墓就在那边，搬到南门外去了，路远了好几里。清早城门未开，粪夫不能进出，城门开了，来往人多，臭气冲天，有碍卫生。于是就指定了每天的下午为挑粪的时间。然而粪夫不多，一个人又只能挑小小的两桶，约四五十斤重量，所以远一点的地方就没有粪夫来了。

我们的大房东是陕西人，二房东是山西人，大家不管，我们只得自己到门口去守候粪夫的经过。

一天两天，每日轮流站在门口，终于不见粪夫的影子。第三天，我站了一点钟后，忽然迎面来了两个警察，穿着新制的雪白的帆布制服，到我们门口站住了，望了一望地上，望了一望门牌，瞪了我一眼，命令我了：

"门口灰土这样厚，赶快打扫打扫！清洁要紧！"

我明白了，原来他们的雪白的领子上是钉着金黄灿烂的铜牌，上面刻着"清洁检查"四个字的。而现在，政府正在举行清洁运动的时候。

"清道夫干什么去啦，要我们自己来扫！"我有点生气的说。"扫了又叫人家倒到那里去？那里是垃圾堆呢？"

"出这巷口，往东转弯，走完了一个长巷，再转个弯，垃圾堆就看见啦！怎么不知道！……"

"我的天！"我叫苦说。

"清道夫不多，须得自己动手，不看见每家店铺都有一把大扫帚，一把铁铲，晴天雨天，无论下雪，都是自己动手吗？"他继续着说，有点愤怒的口气。"现在赤痢横行，霍乱快到，看你这个读书人……"

"哈哈哈，"我大声笑着说，"赤痢霍乱，白喉，伤寒，什么防疫针已经注射过啦，只是厕所里的东西，劳你们的驾，挑了出去吧！……"

"你姓什么？叫什么名字？门牌是……"另一个警察愤怒地一面在手折上写着字，一面望了望门牌，望了望我的全身。随后转过身，朝着巷口举起手来。

我给他窘住了。那边正是一些整队检查清洁的童子军，男女小学生。倘若他们果真走了来，象我这样年纪一个人受这些乳臭未干的小伙子的裁判，是当不了的。

我正窘迫间，大房东忽然走出来了。

"什么事，闹嚷嚷的？"他大声的问，从玳瑁的镜子里，竖起了一只圆眼，翘着八字胡髭，挺着大肚子，戴着一顶拍拉帽，穿着一件纺绸长衫，握着乌黑的手杖，俨然威风凛凛。

警察呆了一呆，嗫嚅地说：

"是来检查清洁的。……这位先生……"

"我要他们把毛厕里的东西挑出去呢！"我说。

"可不是！多少日子不见粪夫啦，讲什么清洁！拿我的名片去，"大房东说着从衣袋内掏出一只光亮的小皮夹，抽出一张满是头衔的名片来，"给我带给局长，叫他赶快派人来，把我的毛厕打扫干净啦！——我是省政府的参议！"

警察接了片子，立刻合上脚跟，挺直身子，行了一个敬礼，随后垂着手，呆木地站住了，口中喃喃的说：

"是是！"

"走吧！"参议官挥一挥手，随后看他们走了几步，便转过身来。和气地对我说，"真不成样，毛厕这许久不来打扫，你不提，我倒忘记啦！……回头见，回头见！"

他走了。

两点钟以后，粪夫来了，一担又一担，一共四次，酒钱是每担一毛。

于是毛厕清洁了，我们又把煤油，臭药水，煤灰一齐撒了下去。

苍蝇仿佛减少了一点，但一二天后又多了，毛厕也开始肮脏了，陕西人和山西人已经养成了习惯，不愿蹲在坑上，只是一进厕所的门，便随时排泄下来。

三次四次以后，我们完全绝望了。苍蝇的大本营不但在我们的厕所里，而且在两边邻居的院子，而且还在门口的巷子里。

原来因为粪夫不要小便，西安的居民们除了白天随意方便外，夜里排泄出来的是用瓦罐盛着的，到了天明，大家便把它泼在巷子里，天晴的时候，它和灰土混合了起来，天一下雨，下面没有水沟，它便和雨水混合在一处，一潭一潭的好几天不会干，等到太阳一出来，我们可以看见连潭里的太阳也变成了橙黄的颜色，同时闻到一种刺鼻的气息。

四　黄帝的苗裔

人家分析我们中华民族的社会制度，说是以家族为本位，其实我们最是数典忘祖的子孙。我们平日虽一年数次或至少一次，作祀祖祀宗的祭典，在牌位下或供桌前下跪磕头烧纸钱，而至于近来的文明的鞠躬脱帽献花圈，实际上这些只是例行的公事，拿这些举动做个榜样，叫自己的儿孙来孝敬我们自己，而我们自己却很少人能够记得我们曾祖父以上的名字，遑论他们的事业和精神。

"你是谁家的子孙呢？"

一生中很不容易遇到这样的问话，也不容易想到这个问题。然而一经道破，我们也就哑然失笑了。

原来我们是黄帝的子孙。

然而我们明白虽然明白，模糊却还依旧模糊：他离开我们有多少年了？我们是他的第几代子孙？这笔帐似乎连数学家也不好算，于是近顷一些小聪明的史家便索性偷个大懒，上自黄帝的祖宗，下至黄帝的子孙禹王，给一笔勾消了，说他们都是传说中的人物。

而我们也就不关痛痒，马马虎虎的不去研究，一生忙忙碌碌的只是为的吃饭问题。

　　幸而现在有人给我们查出来了：黄帝的坟墓是在陕西省中部县。

　　于是当今国难日急，版图变色，亡国灭种之祸迫于眉睫之时，国民政府特派大员西上致祭了。这是一件最伟大最严肃也是最困难的事情。由西安到中部县的车路崎岖万状，而且无水可喝，无饭可吃，据说一路还须带重兵步步开路，最后我们的代表终于尝尽了困顿艰险，朗诵了庄严的誓词，又带了许多慷慨激昂的五七言诗句回来。

　　于是这轰轰烈烈的大事把我这个不肖不贤的子孙也惊醒了，原来我的身体内也有着黄帝的血液的，于是我便出了一个"述黄帝之功绩"的题目给学生做。

　　我的学生有的被称为"长安干板"，有的被称为"蓝田鬼""郃阳鬼"，有的被称为"刁蒲城""野谓南"，粗看起来，仿佛都是没出息的孩子，但做起文章来却青出于蓝，或曰"黄帝姓公孙，生于轩辕之丘，故曰轩辕氏"，或曰"轩辕复姓，亦为帝鸿氏"，或曰"轩辕姓公孙或言姓姬"，或曰"轩辕在今河南新郑县"，或曰"涿鹿山名，在今直隶涿鹿县东南"，或曰"宣化县东南有涿鹿山"，或曰"黄帝国于有熊，故亦曰有熊氏，即今河南新郑县祝融之墟"，或曰"黄帝诛蚩尤于涿鹿，都于涿鹿之阿"，或曰"蚩尤者，黄帝时之诸侯也"，或曰"蚩尤者三苗也"，或曰"蚩尤者九黎也"，或曰"命苍颉为史，制六书"，或曰"风后衍握奇图，制阵法"，或曰"帝定律吕作内经，在位百年而崩"，或曰"蚩尤作大雾，帝为指南车破之，遂戮蚩尤，在位百年而崩"，或曰"凡宫室器用衣服货币之制皆始于黄帝时，帝在位百年而崩"，……议论纷纭，莫衷一是，然又引经据典，公有公理，婆有婆理，仿佛是一部商务印书馆的《辞源》，然而学校里的图书馆由铁将军把门以来已有几年了，里面几十万的遗产发霉的发霉，生蛀虫的生蛀虫，从来不肯泄露出消息来，他们又怎样找到这许多参考呢？……我没办法了，无从着手批改，只觉得篇篇都是琳琅满目，救国救民之词，便一路用红圈连了下去，最后都给他们一句鼓励话："不愧为黄帝的苗裔！"或则"真正的黄帝的苗裔！"而且暗暗祝他们比黄帝还长寿。

这鼓励与祝寿显然发生了很大的效力，尤其是距离黄帝的陵寝，以及周秦汉唐历代圣文圣武皇帝的陵寝不远的所在，出产各色各样的古代的碑石铜器泥砖的文化发源地，今日开发中的陪都西京，常在烈炎下听江亢虎博士一类名流的冗长的演讲，忘记了自己的脚已经站酸了的黄帝的嫡系子孙，都能比我们还深明大义，养成了长期的忍耐性，淡视了现在的痛苦，睁着光芒万丈的眼睛注视着未来，以最大的决心求永久的和平，不管我们这批师长是发条也好，弹簧也好，轮盘也好，螺钉也好，烤馍也好，锅盔也好，白粉也好，蒜头也好，随我们一天到晚，里里外外，麻将，牌九，扑克，烟土，私娼，官妓，吃饼，揩油，自由选择，得其所哉，他们只是卧薪尝胆，努力前途。

"哒哒啼啼。……"

乌鸦们还没醒来，号声动了，我们坚强结实的未来的英雄们便在冰天雪地里集合了起来，穿着一身灰色的棉制服，不发抖不喊冷，挺着腰，静静地等待着军事教官在朦胧中的点卯。

"有……有！……有！……"一片宏亮的声音打破了未明的静寂，连乌鸦们都给吓走了。

接着就是"一————二————一————二"的齐口同声的吆喊，以及哒哒哒哒的脚步声。

随后号声又响了，一碗面汤，几个馍，一碟醋，一碟辣椒，一碟盐，一碟蒜头，狼吞虎咽的依照了军事训练的规定，几分钟内结束了。随后过了几分钟，哑声的古钟响了，铃声响了，大家就一一的走进了课堂，伏案恭听留声机的呐喊。两点钟后，号声又响了，现在是课间操。接着两堂课，又是一阵午餐的号音。打了一会瞌睡，钟声和号声一齐响了，上课的上课，上军操的上军操，上体操的上体操，再过一点钟便是强迫的课外运动，训育员锁上了寝室，自习室的门，到操场里去点名，记分，一直到天黑。接着晚餐完毕，寝室的门又被锁上了，把大家赶到了自习室。两点钟后又被赶到了寝室，几分钟内脱衣上床熄灯。校长，主任，军事教官，值周级任在门外偷偷地徘徊着，听谁在讲话，或看书，便拍拍窗子，记了下来，明日公告记过，把教科书参考书扫到了寝室外。

这样的一天一天过去，夏天将要开始，我们的未来的英雄成群结队的坐着火车走了，去学习军事的知识。三个月后练得体强力壮，懂得了一切军事的技术，习惯了举手立正的敬礼。

于是救国救民的大事业就要开始了。

钓　鱼

故乡随笔

秋天早已来了，故乡的气候却还在夏天里。

那些特殊的渔夫，便是最好的例证。

那是一些十岁以上十六岁以下的男女孩子，和十六岁以上的青年以及四五十岁的将近老年的男子。他们象埋伏的哨兵似的，从村前到村后，占据着两边弯弯曲曲的河岸。孩子们五六成群的多在埠头上蹲着，坐着，或者伏着，把头伸在水面上，窥着水中石缝间的鱼虾。他们的钓竿是粗糙的，短小的，用细小的黄铜丝做的小钩，小钩上串着黑色的小蚯蚓，用鸡毛做浮子，用细线穿着。河虾是他们唯一的目的物。有时他们的头相碰了，钓线和钓线相缠了，这个的脚踢翻了那个的虾盆，便互相詈骂起来，厮打起来。青年们三三两两的或站在河滩的浅处，或坐在水车尽头上，或蹲在船边，一边望着水面的浮子，一面时高时低的笑语着。他们的钓竿是柔软的，细长的，一节一节青黑相间，显得特别美丽。他们用鹅毛做浮子，用丝线穿着，用针做成钩子。钩子上串着红色的大蚯蚓。鲫鱼是他们的目的物。老年人多是单独的占据一处，坐在极小的板凳上，支着纸伞或布伞，静默得象打瞌睡似的望着水面的浮子。他们的钓竿和青年们的一样，但很少象青年们的那样美丽。他们的目的物也是鲫鱼。在这三种人之外，有时还有几个中年的男子，背着粗大的钓竿，每节用黄铜丝包扎着，发着闪耀的光，用粗大的弦线穿着一大串长而且粗的浮子，把弦线卷在洋纱车筒上，把车筒钉在钓竿的根上，钩子是两枚或三枚的大铁钩，用染黑的铜丝紧扎着，不用食饵。他们象巡逻兵似的，在河岸上慢慢的走着，注意着水面。那里起了泡沫，他们便把钩子轻轻的坠下去，等待鱼儿的误触。鲤鱼是他们的目的物。

说他们是渔夫，实际上却全不是。真正的渔夫是有着许多更有保证的方法捕捉鱼虾的。现在这群渔夫，大人们不过是因为闲散，青年们和孩子们因为感觉到兴趣浓厚罢了。有些人甚至并不爱吃这些东西，钓上了，把它们养在水缸里。

我从前就是那样的一个渔夫。我不但不爱吃鱼，连闻到有些鱼的气息也要作呕的，河虾也只能勉强尝两三只。但我小时却是一个有名的善钓鱼虾的孩子。

我们的老屋在这村庄的中央，一边是桥，桥的两头是街道，正是最热闹的地方。河水由南而北，在我们老屋的东边经过。这里的河岸都用乱石堆嵌出来，石洞最多，河虾也最多。每年一到夏天，河水渐渐浅了，清了，从岸上可以透澈地看到近处的河底。早晨的太阳从东边射过来，石洞口的虾便开始活泼地爬行。伏在岸上往下望，连一根一根的虾须也清晰地看得见。

这时和其他的孩子们一样，我也开始忙碌了。从柴堆里选了一根最直的小竹竿，砍去了旁枝和丫杈，在煤油灯上把弯曲的竹节炙直了，拴上一截线。从屋角里找出鸡毛来，扯去了管旁的细毛，把鸡毛管剪成几分长的五截，穿在线上，加上小小的锡块，用铜丝捻成小钩，钓竿就成功了。然后在水缸旁阴湿的泥地，掘出许多黑色的小蚯蚓，用竹管或破碗装了，拿着一只小水筒，就到墙外的河岸上去。

"又要忙啦！钓来了给谁吃呀！"母亲每次总是这样的说。

但我早已笑嘻嘻地跑出了大门。

把钩子沉在岸边的水里，让虾儿们自己来上钩，是很慢的，我不爱这样。我爱伏在岸上，把钓竿放下，不看浮子，单提着线，对着一个一个的石洞口，上下左右的牵动那串着蚯蚓的钩子。这样，洞内洞外的虾儿立刻就被引来了。它颇聪明，并不立刻就把串着蚯蚓的钩子往嘴里送，它只是先用大钳拨动着，作一次试验。倘若这时浮子在水面，就现出微微的抖动，把线提起来，它便立刻放松了。但我只把线微微的牵动，引起它舍不得的欲望，它反用大钳钩紧了，扯到嘴边去。但这时它也还并不往嘴里送，似在作第二次试验，把钩子一推一拉的动着，倘若浮子在水面，便跟着一上一下的浮沉起来。我只再把线牵得紧一点，它这才把钩子拉得紧紧的往嘴里送了。然而倘若凭着浮子的浮沉，是常常会脱钩的。有些聪明的虾儿常常不把钩子的尖头放进嘴里去，它们只咬着钩子的弯角处。见到这种吃法的虾子，我便把线搓动着，一紧一松的牵扯，使钩尖正对着它的嘴巴。看见它仿佛吞进去了，但也还不能立刻提起线来，有时还须把线轻轻地牵到它的反面，让钩子扎住它的嘴角，然后用力一提，它才嘶嘶嘶的弹着水，到了岸上。

把钩子从虾嘴里拿出来，把虾儿养在小水筒里，取了一条新鲜的小蚯蚓，放在左手心上，轻轻地用右手拍了两下，拍死了，便把旧的去掉，换上新的，放下水里，第二只虾子又很快的上钩了。同一个石洞里，常常住着好几只虾子，洞外又有许多游击队似的虾儿爬行着：腹上满贮着虾子的老实的雌虾，全身长着绿苔的凶狠的老虾，清洁透明的活泼的小虾。它们都一一的上了我的钩，进了我的小水筒。

"你这孩子真会钓，这许多！"大人们望了一望我的小水筒，都这样称赞说。

到了中午，我的小水筒里已经装满了。

"看你怎样吃得了！……"母亲又欢喜又埋怨的说。

她给我在饭锅里蒸了五六只，但我照例的只勉强吃了一半，有时甚至咬了半只就停筷了。

到了第二天早晨水筒里的虾儿呆的呆了，白的白了，很少能够养得活。母亲只好把它们煮熟了，送给隔壁的人家吃。因为她和我姊姊是比我更不爱吃的。

"你只是给人家钓，还要我赔柴赔盐赔油葱！"她老是这样的埋怨我。"算了吧，大热天，坐在房子里不好吗？你看你面孔，你头颈，全晒黑啦！"

但我又早已拿着钓竿，蚯蚓，提着小水筒，悄悄的走到河边去了。

夏天一到，没有什么比这更快乐：空水筒出去，满水筒回来，一只大的，一只小的，一只雌的，一只雄的，嘶嘶嘶弹着水从河里提上来，上下左右叠着堆着。

直至秋天来到，天气转凉了，河水大了，虾儿们躲进石洞里，不大出来，我也就把钓竿藏了起来。但这时母亲却恶恨恨的把我的钓竿折成了两三段，当柴烧了。

　　"还留到明年吗？一年比一年大啦，明年还要钓虾吗？明年再钓虾，不给你读书啦，把你送给渔翁，一生捕鱼过活！……"

　　我默默地不做声，惋惜地望着灶火中哗剥地响着的断钓竿。

　　待下一年的夏天到时，我的新钓竿又做成了：比上年的长，比上年的直，比上年的美丽，钓来的虾也比上年的多。母亲老是说着照样的话，老是把虾儿煮熟了送给人家吃。

　　十六岁那一年，我的钓竿突然比我身体高了好几尺。我要开始钓鱼了。

　　两个和我最要好的同族的哥哥，一个叫做阿成哥，一个叫做阿华哥，替我做成了钓鱼竿，竹竿，浮子，钩子，锡块，全是他们的东西，我只拿了母亲一根丝线。做这钓竿的工厂就在阿华哥的家里，母亲全不知道。直至一切都做好了，我才背着那节节青黑相间的又粗长又柔软的钓竿，笑嘻嘻地走到家里来。

　　"妈……"我高兴地提高声音叫着，不说别的话。

　　我把背在肩上的钓竿竖起来，预备放下的时候，竿梢触着了顶上的天花板，发出悉率悉率的声音，我仿佛觉得自己长大了许多，亲手触着了天花板似的。

　　这时母亲从厨房里走出来了。她惊讶地呆了许久。象喜欢又象生气的瞪着眼望了望我的钓竿，又望了望我的全身。

　　过了一会，她的脸色渐渐沉下，显得忧郁的样子，叹了一口气，说了：

　　"咳！十六岁啦，看你长得多么高啦，还不学好！难道真的一生钓鱼过活吗？……"

她哽咽起来，默然走进了厨房。

我给她吓了一跳，轻轻把钓竿放下，呆了半天，不敢到厨房里去见她。过了许久，我独自走到楼上读书去了。

但钓竿就在脚下，只隔着一层楼板，仿佛它时刻在推我的脚底，使我不能安静。

第二天早饭后，趁着母亲在厨房里收拾碗筷，我终于暗地里背着我的可爱的钓竿出去了。

阿华哥正拿着锄头到邻近的屋边去掘蚯蚓，我便跟了去，分了他几条。又从他那里拿了一点糠灰，用水拌湿了，走到河边，用钓竿比一比远近，试一试河水的深浅，把一团糠灰丢了下去。看着它慢慢沉下去，一路融散，在河边做了一个记号，把钓竿放在阿华哥家里，又悄悄的跑到自己的家里。

母亲似乎并没注意到钓竿已经不在家里了，但问我到那里去跑了一趟。我用别的话支吾了开去，便到楼上大声地读了一会书。

过了一刻钟，估计着丢糠灰的地方，一定集合了许多鱼儿，我又悄悄地下了楼，溜了出去，到阿华哥家里背了我的钓竿。

这时丢过糠灰的河中，果然聚集了许多鱼儿了。从水面的泡沫，可以看得出来。它们继续不断的这里一个，那里一个，亮晶晶地珠子似的滚到了水面。单独的是鲫鱼，成群的大泡沫有着游行性的是鲤鱼，成群的细泡沫有着固定性的是甲鱼。

我把大蚯蚓拍死，串在钩子上，卷开线，往那水泡最多的地方丢了下去，然后一手提着钓竿，静静地站在岸上注视着浮子的动静。

　　水面平静得和镜子一样，七粒浮子有三粒沉在水中，连极细微的颤动也看得见，离开河边几尺远，虾儿和小鱼是不去的。红色的蚯蚓不是鲤鱼和甲鱼所爱吃，爱吃的只有鲫鱼。它的吃法，可以从浮子上看出来：最先，浮子轻微地有节拍地抖了几下，这是它的试验，钓竿不能动，一动，它就走了；随后水面上的浮子，一粒或半粒，沉了下去，又浮了上来，反复了几次，这是它把钩子吸进嘴边又吐了出来，钓竿仍不能动，一动，尚未深入的钩子就从它的嘴边溜脱了；最后，水面的浮子，两三粒一起的突然往下沉了下去，又即刻一起浮了上来，这是它完全把钩子吞了进去，拖着往上跑的时候，可以迅速地把竿子提起来；倘若慢了一刻，等本来沉在水下的三粒浮子也送上水面，它就已吃去了蚯蚓，脱了钩了。

　　我知道这一切，眼快手快，第一次不到十分钟就钓上了一条相当大的鲫鱼。但同时到底因为初试，用力过猛了一点，使钩上的鱼儿跟着钓线绕了一个极大的圆圈，倘不是立刻往后跳了几步，鱼儿又落到水面，可就脱了钩了。然而它虽然没有落在水面，却已拍的撞在石路上，给打了个半死半活。

　　于是我欢喜得高举着钓竿，往家里走去。鱼儿仍在钓钩上，柔软的竿尖一松一紧地颤动着，仿佛蜻蜓点水一样。

　　"妈！大鱼来啦！大鱼来啦！……"我大声地叫了进去。

　　走到檐口，抬起头来，原来母亲已经站在我右边的后方，惊讶地望着。她这静默的态度，又使我吃了一惊，一场欢喜给她打散了一大半。我也便不敢做声，呆呆地立住了。

　　"果然又去钓鱼啦！……"过了一会，她埋怨说，"要是大鲤鱼上了钩，把你拖下河里去怎么办呢？……"

"那不会！拖它不上来，丢掉钓竿就是！"我立刻打断她的话，回答说。我知道她对这事并不严重，便索性拿了一只小水筒，又跑出去了。

到了吃中饭的时候，我提了满满的一筒回家。下午换了一个地方，又是一满筒。

"我可不给你杀，我从来不杀生的！"母亲说。

然而我并不爱吃，鲫鱼是带着很重的河泥气的，比海鱼还难闻。我把活的养在水缸里，半死的或已死的送给了邻居。

日子多了，母亲觉得惋惜，有时便请别人来杀，叫姊姊来烤，强迫我吃，放在我的面前，说：

"自己钓上来的鱼，应该格外好吃的，也该尝一尝！要不然，我把你钓竿折断当柴烧啦！"

于是我便不得不忍住了鼻息，钳起几根鱼边的葱来，胡乱地拨碎了鱼身。待第二顿，我索性把鱼碗推开了。它的气味实在令人作呕。母亲不吃，姊姊也不吃，终于又送了人。

然而我是快活的，我的兴趣全在钓的时候。

十八岁春天，我离开家乡了。一连五六年，不曾钓过鱼，也不曾见过鱼。我把我大部分的年月消耗在干燥的沙漠似的北方。

二十四岁回到故乡，正在夏天里，河岸的两边满是一班生疏的新的渔夫。我的心突突地跳着，想做一根新的钓竿去参加，终于没有勇气。父亲母亲和周围的环境支配着我，象都告诉我说，我现在成了一个大人了，而且是一个斯文的先生，上等的人物，是不能和孩子们，粗人们一道的。只有我的十二岁的妹妹，她现在继续着我，成了一个有名的钓虾的人物，我跟着她去，远远地站着，穿着文绉绉的长衫，仿佛在监视着她，怕她滚下河去似的，望了一会，但也不敢久了，便匆遽地回到屋里。

直至夏天将尽，我才有了重温旧梦的机会。

那时我的姊姊带了两个孩子，搬到了离我们老屋五里外的一个地方，我到那里去做了七八天的客人。

她的隔壁是我的一个堂叔的家。我小的时候，这个堂叔是住在我们老屋隔壁的，和我最亲热，和我父亲最要好。他约莫比我大了十二三岁，据说我小的时候，就是他抱大的。我只记得我十一二岁的时候，还时常爬到他的身上骑呀背呀的玩。七八年前，因为他要在婶婶的娘家那边街上开店，他便搬了家。姊姊所以搬到那边去，也就是因为有他们在那里住着，可以照顾。

这时叔叔已经没有开店了，在种田。有了两个孩子。他是没有一点祖遗的产业的人，开店又亏了本。生活的重担使他弯了一点背，脸上起了一些皱纹，他的皮肤被太阳晒成了棕红色，完全不象六七年前的样子了。只有他温和的笑脸，还依然和从前一样，见到我总是照样的非常亲热。他使我忘记了我已是二十几岁的大人，对他又发出孩子气来。

他屋前有一簇竹林，不大也不小，几乎根根都可以做钓鱼竿。二十几步外是一条东西横贯的河道。因为河的这边人口比较稀少，河的那边是旷野，往西五六里便是大山，所以这里显得很僻静，埠头上很少人洗衣服，河岸上很少行人，河道中也很少船只。我觉得这里是最适宜于我钓鱼了，便开始对叔叔露出欲望来。

"这一根竹子可以做钓鱼竿，叔叔！"我随意指着一根说。

叔叔笑了，他立刻知道了我的意思，摇一摇头，说：

"这根太粗啦。你要钓鱼，我给你拣一根最好的。——你从前不是很喜欢钓鱼吗？现在没事，不妨消消遣。"

我立刻快乐了。我告诉他，我真的想钓鱼，在外面住了这许多年，是看不见故乡这种河道的。随后我就想亲自走到竹林里去，选择一根好的。

但他立刻阻止我了："那里有刺，你不要进去，我给你砍吧。"

于是他拿了一把菜刀进去了。拣出来的正是一根细长柔软合宜的竹竿。随后鹅毛，钩子，锡块，他全给我到街上买了来。糠灰，丝线是他家里有的。现在只差蚯蚓了。

"我自己去掘。"我说。

"你找不到，"他说，拿了锄头，"这里只有放粪缸的附近有那种蚯蚓，我看见别人掘到过，那里太脏啦，你不要去，还是我给你去掘吧。"

他说着走了，一定要我在屋内等他。

直至一切都预备齐，我欣喜地背上新的钓竿，预备出发的时候，他又在我手中抢去了小水筒和蚯蚓碗，陪着我到了河边。随后他回去了，一会儿拿了一条小凳来。

"坐着吧，腿子要站酸的哩。"

"好吧，叔叔，你去做你的事，等一会吃我钓上来的鱼。"

但他去了一会儿又来了，拿着一顶伞。

"太阳要晒黑的，戴着伞好些。"他说着给我撑了开来。

"我叫你婶婶把锅子洗干净了等你的鱼，我有事去啦。"他这才真的到他的田头去了。

五六年不见，我和我的叔叔都变了样了，但我们的两颗心都没有变，甚至比以前还亲热。面前的河道虽然换了场面，但河水却更清澈平静。许久不曾钓鱼了，我的技术也还没有忘却，而且现在更知道享受故乡的田园的乐趣。一根草，一叶浮萍，一个小水泡，一撮细小的波浪，甚至水中的影子极微的颤动，我都看出了美丽，感到了无限的愉悦。我几乎完全忘记了我是在钓鱼。

一连三天，我只钓上了七八条鱼。大家说我忘记了，我真的忘记了。

"总是看着山水出神啦，他不是五六年不见这种河道了吗？"叔叔给我推想说。

只有他最知道我。

然而我们不能长聚。几天后我不但离别了他，并且离别了故乡。

又过三年回来，我不能再看见我的叔叔。他在一年前吐血死了，显然是因为负重过多之故。

从那一次到现在，十多年了，为了生活的重担，我长年在外面奔波着，中间也只回到故乡三次，多是稍住一二星期，便又走了。只有今年，却有了久住的机会。但已象战斗场中负伤的兵士似的，尝遍了太多的苦味，有了老人的思想，对一切都感到空虚。见着叔叔的两个十几岁孩子，和自己的六岁孩子，夹杂在河边许多特殊的渔夫的中间，伏着蹲着，钓虾钓鱼，熙熙攘攘，虽然也偶然感到兴趣，走过去踱了一会，但已没有从前那样的耐心，可以一天到晚在街头或河边呆着。

我也已经没有欲望再在河边提着钓竿。我今日也只偶然的感到兴奋，咀嚼着过去的滋味。

我们的学校

屡次坐着船经过儿时的学校，便给引起了愉悦的回忆。这次因着比较的闲暇，终于高兴地趁着路过的机会，上了岸。

大门依然凭着清澈的河水，外面也依然围着二三尺高的铁的栏杆。只是进了门，看见院子那边的一个很大的礼堂，觉得生疏了，仿佛从前是没有的。对着几个大柱子出了一会神，才恍然记起了一部分是我们的膳堂，一部分是我们的风雨操场。我们那时约有七八桌的同学和教师，正中的一桌的上位，是我们大家所最尊敬的校长徐先生坐的，现在这里变了讲台，后面挂着孙中山的肖像了。外面放着好几排椅子的地方，是我们拍球，踢毽子或雨天上体育课的所在。我在这里消磨的时间最多，每天课后就在这里踢毽子的。

礼堂上挂着许多图表。见到历任教职员一览表，才记起了我在这里做学生已是二十年前的事了。徐校长是在民国四年离校的。

民国四年，现在看起来，仿佛是一个上古时代了，那时的一切似乎都不如现在的进步文明。我们在学校里虽曾经听过先生说及火车等等的希奇的东西，却决不曾想到二十年后的乡间，天天可以见到汽船，汽车和飞机。时光，不知是怎样过去的，那时的儿童，现在已经比那时的教师还老大了。我们的教师那里去了呢？没有人知道。

礼堂的北边是教室和寝室，和从前一样的分配，但那已经不是我们读书时候的旧式楼房，现在是洋房了，而且也已经略略带着老的姿态。面前是满种着花草的花园，记不起来从前是什么所在了，但总之，那时是没有花园的。

礼堂的西南，是我们从前的操场，现在给缩少了，多了几间屋子。再过去是魁星阁，上面塑着魁星的神像的，现在连屋子都拆掉了。

礼堂的南边，从前是一个荒凉的小小的水池，周围栽着高大的倒垂的杨柳，是我们纳凉，散步和观鱼的所在，现在变了一块平地，一面盖着清洁的膳堂，一面成了雅致的花园。

四处走了一遭，回转身，几乎连路径也记不清楚了。一切都显得非常的生疏。是学校改了样子，也是我健忘的缘故吧。然而它所给我的新的印象仍是良好的，除了那富有诗意的荒凉的小池使我起了一点惋惜以外。

我们这一个学校，岂止是建筑方面跟着时代改变了，就连组织和课程也显得进步了。例如，我们那时是没有女学生和女教师的，现在早已开放了。从前需要的纸笔是由一位教师代管的，现在有了消费合作社了。从前的理化设备是极其简单的，现在也摆满了一间小小的房子。我们那时做的手工是些笔架和旱烟盒，现在陈列在那里的是飞机，轮船和汽车。我们学的音乐是简谱，现在代替了五线谱。那时学的是文言，现在的是白话，我们那时不会做文章，学校里连壁报也没有，现在有了铅印的月刊和半月刊，而且连十一二岁的学生也做起文章和诗来了。

这一切给了我不少的新的愉悦，愈使我回味到过去。

我是六岁上学的，进的自然是私塾。开笔的先生是一位有名的举人的得意门生，仿佛是个秀才。他颇严厉，但对我不知怎的却比较的宽，很少骂我，也很少打我，只是睁着眼睛从眼镜边外瞪着我，我因此反比别的同学更怕他，九岁以前常常哭着赖学，逼得母亲把我一直拖过石桥。在那里挨到十三岁，见到别的孩子在学校里欢天喜地，自己也就有了转学的念头，时常对母亲提出要求来。第二年春天，终于让我插进了一个颇出名的初级小学了。不用说，第一次所进的学校给我的印象是相当的好的。它比起私塾来，好得太多了。然而它也使我相当的害怕。教师是拿着藤条上课的，随时有落在身上的可能。犯了过错，起码是半点钟的面壁。上体操课时，站得不合规矩，便会从后面直踢过来。幸亏我在这里的时候并不长久，过了半年，我拿着初级小学的毕业文凭走了。

下半年，我就进了这个永不能使我忘记的高等小学。

校长徐先生是一位四十岁以内的中年人。他很谨慎朴素，老是穿着一件青布长衫和黑色马褂，不爱多说话，不大有笑脸，可也没有严厉的面色，他的房间里永久统治着静默和清洁，他走到那里，静默就跟到了那里，而这静默却不是可怕的恫吓，冷漠或严肃，它是亲切和尊敬。他不常处分学生，有了什么纠纷，便把大家叫到他的房里，准许分辩，然后他给了几句短短的判断和开导的话，大家就静静的退出了。他比我们睡得迟，也比我们起得早，深夜和清晨，我们常常看见他的房子里透出灯光来，或者听到他的磨墨的声音。在七八个教师中间，他的字写得最好。他教我这一班的国文，作文卷子改得非常仔细，有了总批还有顶批，他做我们的校长是大家觉得荣幸的事情，而他教我们的国文，更是我们这一班觉得特别荣幸的。

"谁教你们的国文呀？我们是徐先生教的！"我们这一班常常骄傲地对别一班的同学说。

但我们不仅喜欢他，我们对于其余的教员也多相当的喜欢。他从那里聘来这许多使人满意的教员，真使我们惊异。一个教理化的教员，现在已经忘记了他姓什么，只有二十多岁，也不爱说话，一天到晚只看见他拿着仪器在试验。教动植物的唐先生年纪大了一点，说起话来又庄严又诙谐，他所采的动植物标本挂满了教室也挂满了他的卧室。手工兼音乐的金教员，不但做得一手极好的纸的，泥的，竹的小东西，还能做大的藤椅，——听说后来竟开起藤器店来了——能比他的妻子绣出更美的花来；他唱的很好的西洋歌和京戏，能弹风琴，吹箫笛，拉胡琴，是一个有名的天才。最后是我们特别喜欢的体育教员陈先生了。他有着活泼轻捷的姿态，而又有坚强结实的身体。他教我们哑铃棒球各种软柔体操，又教我们背着沉重的木枪跪着放，卧着放。同时在课外，他又教我们少数人撑高，跳远，和翻杠子。后者是他最拿手的技术，能用各种姿势在很高的铁杠上翻几十个圈子突然倒跌了下来，单用脚面钩住杠子，然后又一晃一摇，跳落在一丈多远的地上。

这几个教师，不但功课教得好，而且都和徐先生一样，从来不轻易严厉的处分我们。我们每个人都对他们亲切而又尊敬，如同对徐先生一样。我们这一个学校是公立的完全小学，经费最多，规模最大，学生最众，在附近百里内的乡间向来是首屈一指的。现在有了这许多好的教师，我们愈加觉得骄傲了。因此我们有一次竟想给我们的学校挣一个大面子，压倒那唯一出名的县立高等小学了。

我们的足球练得最好：有横冲直撞如入无人之境的不怕死的前锋，有头顶脚滚球不离身善作派司的左右卫，有一个当关万夫莫敌的中卫，有拳打脚踢能跳能滚的守门。邻近乡间的小学是从来不敢和我们比赛的，我们于是要求和城里的县立小学比赛了。

徐先生允许我们去，但他要我们这边的同学向那边的学生写信接洽。我们照着办了，然而许久得不到回信。我们相信那边没有勇气和实力，愈加非和他们比赛一次压倒他们不可了。说是要到城里去，大家早已做了一套新衣服，买了一顶簇新的草帽，球也练厌了，不去是不愿意的。于是几个选定的球员便秘密地商量起来，主张硬逼那边和我们比赛。

"人去了，就不怕他们不理，不比赛也就是他们输了！"

大家都是这样的想法。但这话在徐先生面前是通不过的，于是就有人想出一个办法来：写了一张明信片，由那边的一个学生具名，答复我们说准定某一个礼拜日和我们比赛。这一张明信片就托人带到城里去投邮。

过了两天，这一张假冒的明信片回来了。我们故意等到星期六的下午拿去给徐先生看，使他不及细细研究。徐先生果然立刻答应我们了。他不派人同我们去，因为这是学生们和学生们的游戏，不是用学校的名义出发的。我们中间的几个球员已经有十七八岁，而且常去城里的，他也就放心得下，只叮嘱了一番小心。

这时正是快要放暑假的时候，天气特别热，我们都只穿着一件单衫。一出校门便一口气飞跑了五六里。但到得岭下，我们走得特别慢了。原因是我们原定的连预备员在内一起十五个人，其中的一个守门的健将这两天凑巧请假在家，我们得顺道派人去邀他。这个去的人是我们球队中的领导人，只有他知道那个同学的住处。他叫我们慢些走，他答应岔过一条小岭，一点钟后在岭的那边可以和我们会合的。

然而自他走后，天色渐渐变了。黑云慢慢腾了起来，雷声也低低地响了。过了岭，一路等，一路慢慢的走，却不见他们的来到。黑云已经掩住了太阳，雷声，电光挟着风来了。我们知道雷雨将到，便只好一口气赶到前面三里外的凉亭避一下雨。

我们相信他们是会赶来的，无论雨下得怎么大。然而第一阵雷雨过后许久，却仍不见他们的影子。而同时天色已经快黑了，似乎接着还有第二阵的雷雨，于是我们恐慌起来，便决计一直跑到城里再说。他们两个是年纪最大，路径最熟的，况且这时不到，多半是不来了。

我们不息的飞跑了七八里，过江进城的时候，天已全黑了。在渡船上还淋着了一阵大雨，衣服全是湿漉漉的，一身的冷。

县立高等小学是什么样子，在我们心慌意乱的黑夜中不曾看得清楚，只知道巍岸森严的站着一排无穷长的洋房。管门的是一个皮肤很黑的印度人。他奇异地而又讥笑地咕噜着什么，把我们带进了会客室。我们告诉他要找几个学生，他却把校长请来了。

校长是一个矮小的老头子，满脸通红，酒气扑人，缓慢地拐进了会客室。

"怎么？你们这批人是那里的学生？这个时候，有什么事情呀？"他睁着眼睛从近视眼镜边外轻蔑地望着我们，又转着头注意看我们的衣衫。

我们合礼地一齐站了起来，行了一个鞠躬。一个年长的同学便嗫嚅地说明了来意。

"胡说！"他生了气，拍着桌子。"要和你们比球，没有得到我的允许，谁敢写信约你们！我一点不知道！今天礼拜六，学生全回家了，没有一个人！回去吧！谁叫你们来？我不负责任！"

我们给吓呆了，面面相觑，半晌说不出话来，又冷又饿又疲乏。

一个能干的同学说话了，他表示赛球的事情明天再说，今晚先让我们住一夜。

"要我招待吗？拿校长的信来看！本校从不招待私人的！"

我们中间有人哭了，也有人愤怒了。有几个人躺在椅上，翘起脚来，眨着眼，懒洋洋的说：

"不招待，就睡在这里！这学校是县立的，又不在你家里！"

"什么话！滚出去！你们这些东西！叫巡捕来！"他击着桌子，气得浑身摇摆起来了。

"嘘！——"我们一致嘘着。

这时有两个教员进来了，他们似乎在窗子外已经听了一会，知道了底细，来做好歹的。

　　"小孩子，不懂事，校长，不要动气，交给我们办吧，你去休息休息……"他们拖住了校长。

　　"喔——嚘——我从来没碰到过这些小鬼……喔——嚘——"他忽然倒在教员身上呕吐起来了。满房都是酒气。随后给一个教员拖出去了。

　　"他吃醉了酒了，你们看，不要生气。"另一个教员微笑地说，"这里学生真的回去了。一定要比球只好和中学部比了。明天再说吧。我先给你们安插睡的地方。"

　　于是我们便跟着他到了寝室，说声多谢，关上门，全身脱得精光的，把湿衣挂在窗口，几个人一床，钻进了被窝。我们的肚子本来很饿，现在既无饭吃也给气饱了。

　　"混账的校长！"

　　"该死的畜牲！……"

　　"狗东西！……"

　　我们一致骂着，半夜睡不熟觉，微微合了一会眼睛，东方才发白，便一齐起来，决定立刻就走。穿好衣服，拿起笔在墙上涂了许多"打倒狗校长"等等的口号，开开门，一溜烟的走了。

　　过了江，天又下雨了，我们吃了一点饼子，恨不得立刻离开那可恶的学校所在的县城，冒雨飞跑着。雨越下越大，经过好几个凉亭，我们都不愿耽搁。一直到山脚下，我们的那两位同学却迎面来了。他们和我们一样，也没有带伞，淋个一身湿漉漉的。原来他们昨晚被家长缠住了，说是天晚了，要下雨，不肯放行。今早还是逃出来的。我们象见到了亲哥哥一样，得到许多安慰，在大雨中缓慢地走着，讲着昨晚的事情，一面骂着。

二十几里路很快就给走完，到学校还只八点钟，怒气未消，便索性在泥泞的操场里踢了一阵球，把怒恨迸发完了，然后到河里洗了一个澡。

几天以后，这事情不知怎样的给我们自己的校长知道了，他忽然把我们十几个球员叫了去。

"你们比球的事情，我全知道了。"他静静的说，一点没有生气，仿佛我们没有做错事情一样，"这样做法是不好的，无论是个人的品行，学校的名誉……以后再是这样，我只好不干了……"他静默了一会，用亲切的眼光望着我们，随后继继着说，"现在出去吧，细细的去反省……"

我们给呆住了，大家红着脸，低着头说不出话来。虽然他已经命令我们走开，我们却依然站着，不敢动弹，仿佛钉住了脚似的。我们犯了多大的过错，现在全明白了，羞耻而且懊悔。我们愿意给他一顿痛骂，或者听他记过扣分的处分，然而他再也不说什么了，只重复着说：

"现在出去吧，去静静的反省……"

我们这才感动得含着眼泪，静静的从他的房子里退了出来。

"以后再是这样，我只好不干了……"

他这句话比石头还重的压在我们的心坎上，我们第一次感到了失望的恐怖。

不料过了半年，他果然不干了。听说是校董方面辞退他的，继任的人物是初小部一个老头子，董事长的族里人。这个人最没学问，也最顽固，为我们平日所最看不起，也为我们所最讨厌的。他一天到晚含着一杆很长的旱烟管，睁着恶狠狠的眼睛，从眼镜边外望人家，走起路来一颠一拐，据说是有什么病。他教初小四年级的国文，既讲得不清楚，又常常改出错字来，不许人家问他，问了他，火气直冲，要记过，要扣分。遇到他值周，大家就恨死了他。一举一动，都要受他干涉，半夜里常常在我们的寝室外偷听。我们叫他做小鬼。

现在他要做校长了，我们这一个学校的前途是可想而知的。几个好教员听到这消息，也表示下学期不来了。我们是一致反对未来的变动的，但我们年纪太轻了，不晓得怎样对付，请愿罢课的名字不曾听到过。我们只得大家私自相约，下学期如果真的换了那个老头子做校长，我们也不再到这学校来了。

放了年假，那消息果然成了事实，我们高年级里有二十几个人自动地停了学。有些人到城里或别处，转学的转学，学商业的学商业，我母亲不让我离开乡下，既无高等小学可转，也无职业可学，只得听我息了下来。那时我是高小二年级的学生，从此就结束了我的学生生活。

时间过得这样的迅速，一眨眼，二十年过去了。我所爱的教师和同学都和烟一样的在这大的世界中四散而且消失了。

回忆是愉快的。然而却也充满着苦味。二十年来，我所经历的所看到的学校也够多了，却还没有一个学校值得我那样的记忆。现在办学校的人仿佛聪明得多，管理的方法也进步得多了，但丑恶面也就比从前更加深刻起来。偶然在污秽的垃圾堆中发见一枝小小的蓓蕾，立刻就被新的垃圾盖了上去，这现象，太可悲了。唉……

孩子的马车

为了工作的关系，我带着家眷从故乡迁到上海来住了。收入是微薄的，我决定在离开热闹的区域较远的所在租下了两间房子。照着过去的习惯，这里是依然被称为乡下的，但我却很满意，觉得比那被称为上海的热闹区域还好。这里有火车，有汽车，交通颇方便；这里有田野，有树木，空气很新鲜，这里的房租相当的便宜，合于我的经济情形；最后则是这里的邻居多和我一样的穷困，不至于对我射出轻蔑的眼光来。

于是我住下了，很安心地，而且一星期之后，甚至还发现了几个特点，几乎想永久的住下去了。第一是清静，合宜于我的工作；其次是朴素，合宜于我的孩子们的教养；再次是前后左右的邻居大部分是书店的编辑或学校的教员，颇可做做朋友的。

但是过了不久我不能安静地工作了。

"爸爸！爸爸！……"我的两个孩子一天到晚地叫着，扯我的衣服，推我的椅子，爬到我的桌子上来，抢我的纸笔，扰乱我的工作。

为的什么呢？

"去买一个汽车来，红红的！象金生的那样！"

这真是天晓得，我那里去弄这许多钱？房租要付，衣服要做，饭要吃，每天还愁着支持不下来，却斜刺里来了这一个要求。

"金生是谁呀？"

"六号的小朋友！"他们已经交结下了朋友了。"红红的！两个人好坐的，有玻璃，有喇叭——嘟！……"

这就够了，我知道那样的车子是非三十几元钱不办的。

"去问妈妈，我没有钱。"我说。

他们去了，但又立刻跑了回来，叫着说：

"问爸爸呀！妈妈说的！"

我摇了一摇头：

"我没有钱。"

于是他们哭了，蹬着脚，挥着手，扭着身子。整个的房子象要被震动得塌下来了似的。

"好呀，好呀，等我拿到钱去买呀！现在不准闹。"我终于把他们遏制住了。

但这也只是暂时的，第二天，他们又闹了，第三天又闹了，一直闹了下去，用眼泪，用叫号，仿佛永不会完结似的。

"唉，七岁了还这么不懂事！"妻对着大的孩子说。"你比妹妹大了两岁，应该知道呀！买这样贵的玩具的钱，可以给你做许多漂亮的衣服呢！"

"那你买一个脚踏车给我，象八号的！"大的孩子回答说，他算是让步了。

"好的，好的，等爸爸有了钱，是吗？"妻说，对我丢了一个眼色。

我点了一点头。

但这也是不可能的。象八号的孩子那样，就要八九元，而且是一个人坐的，买起来就得买两只。这希望，只好叫他们无限期的等待下去了。夏天已经来到，蚊子嗡嗡地叫了起来，帐子还没有做。我的身上的夹衣有点不能耐了，两件半新旧的单衫还寄在人家的屋子里。今天有人来收米账，明天有人来收煤账。偶然预支到一点薪水，没有留过夜，就分配完了。生活的重担紧紧地压迫着我透不过气来，我终于发气了，有一天，当他们又来扰乱我的工作的时候。

"滚开！"我捻着拳头，几乎往孩子的头上打了下去，一面愤怒地说着，忘记了他们是孩子。"不会偷，不会盗，又不会象人家似的向资本家讨好，我到那里去弄这许多钱来呀？……"

孩子们害怕了，这次一点也不敢哭，睁着惊惧的眼睛，偷偷地溜着走了出去。

他们有好几天不曾来扰乱我的工作。尤其是大的孩子，一看见我，就远远地躲了开去，一天到晚低着头没有走出门外去。我起初很满意自己的举动，觉得意外地发现了管束孩子的方法，但随后却渐渐看出了我的大孩子不但对我冷淡，对什么人都冷淡了。他变得很沉默，没有一点笑脸。他的眼睛里含着失望的忧郁的光，常常一个人在屋角里坐着，翕动着嘴唇，仿佛在自言自语似的。

"为了一个车子呵，"有一天，妻对我说，"这几天来变了样子，连饭也不大爱吃，昨夜还听见他说梦话，问你要一个车子呢！"

　　我的心立刻沉下了，想不到一个小小的孩子对于自己的欲望就有着这样的固执。真的，他这几天来不但胃口坏的很，连颜色也变黄了。肌肉显然消瘦了许多，额上，颈上和手腕上都露出青筋来。这样下去是可怕的，我这个做父亲的人须得实现他的希望了，无论怎样的困难。

　　"好了，好了，爸爸就给你去买来，好孩子，"我于是安慰着孩子说，"但可只有一个，和妹妹分着骑，你是哥哥，不能和她争夺的，听话吗？"

　　他的眼中立刻射出闪烁的光来，满脸都是笑容，他的妹妹也喜欢得跳跃了。

　　"听话的！我让妹妹先骑！"大的孩子叫着说。

　　于是我戴上帽子，预备走了，但妻却止住了我：

　　"你做什么要哄骗孩子呢？回来没有车子，不是更使他们失望吗？你袋袋里不是只有两元钱了，那里够买一辆车子呀？"

　　"我自有办法，"我说着走了，"一定给买来的。"

　　我从报上知道，有一家公司正在廉价，说是有一种车子只要一元几毛钱。那么我的孩子可以得到一辆了。

　　那是一种小小的马车，有着木做的白色的马头，但没有马的身子。坐人的地方是圈椅的形式，漆得红红的，也颇美丽。轮子是铁的，也有薄薄的橡皮围着。

　　"是牺牲品呢！"公司里的人说。"从前差不多要卖四元。现在只有二辆了。"

　　我检查了一遍，尚无什么损坏，便立刻付了一元七毛半的代价，提着走了。

来去的时间相当的长，下午二时出门，到得家里已是黄昏时候。两个孩子正在弄堂外站着，据说是从我出门不到半点钟就在那里等候着的。

"啊，车子！啊！车子！"他们远远地就这样叫着，迎了上来。到得身边，一个抱住马头，一个扳住圈椅，便象要把它拆成两截一样。

"这车子，比人家的怎么样呀？"我按住了他们的手，问着。

"比人家的好！比人家的好！这是个马车，好看，好看！"两个孩子一致的回答说，欢喜得象要把它吞下去了似的。

"可不能争夺，一个一个轮着骑呢，听见吗？"

"听见的。"

"谁先骑？"

"妹妹先骑吧。"大孩子说着放了手，但又象舍不得似的，热情地亲爱地摸了一摸那马头上的鬃毛，然后才怅惘地红着脸退了开去。

我不能知道他是怎样克服他自己的，我只看见他的眼睛里亮晶晶地闪动着泪珠。他的心显然在强烈地跳跃着。

我发现这辆车子够好了，它很轻快，没有那汽车的呆笨。而且给大孩子骑不会太小，给小孩子骑不会太大。他们很快的就练习得纯熟了。

"得而！得而！"他们一面这样喊着，象是骑在真的马上一样。

这是我的大孩子记起来的，他到过北方，看见过许多马车和骡车。现在他居然成了沙漠上的旅行者了。而且他还很得意，说是六号的小汽车不如这马车。

"我的好！"我听见他在和六号的孩子争执说。

"我的是汽车呀！嘟……"六号的孩子说。

"我的是马车！得而……"

"是匹死马呀！"

"是个假汽车哩！"

"看谁跑的快！"

"比赛——一，二，三！"

我看见马车跑赢了，汽车到底是呆笨的，铁塔铁塔，既会响又吃力，不象马车的轻捷，尤其是转弯抹角，非跳出车子外，把它拖着走不可，尤其是跳进跳出，只能象绅士似的慢慢的来，不然就钩住了衣服，钩住了腿子。

我和妻都非常的喜悦。我们以前总以为穷人的孩子是没有享受幸福的命运的。

"早晓得这样，早就给他们买了。"我喃喃的说。

我从此可以安静地工作了，孩子们再也不来扰乱我。他们一天到晚在外面玩那车子，甚至连饭也忘记吃，没有心思吃了。

然而这样幸福的时间，却继续得并不久。不到十天，那辆小小的马车完结了。

我听见孩子在弄堂里尖利的哭号的声音，跑出去看时，这辆马车已经倒在地上。它的头可怜地弯曲着，睁着损伤的眼睛仿佛在那里流眼泪，它的前面的一个铁轮子折断了，不胜痛苦似的屈伏着。大孩子刚从地上爬起来，他的手背流着血。

"是他呀！他呀！"我的五岁的小孩叫着说，用手指指着。

那是六号的小孩。他坐在他的汽车里，睁着愤怒的眼望着我的孩子。

"是他来撞我的！"他说。

"是他呀！他对我一直冲了过来！"我的大孩子哭号着说。"他恨我的车子跑得快！"

"要你赔！"小的孩子叫着说。

"你把我车头的漆撞坏了，要你赔！"

他们开始争吵了，大家握着拳，象要相打起来。

"算了，算了，"我叫着说，"赶快回家！"

"我早就说过，买车子不如买衣服穿！果然没几天就撞坏了！"妻也走了出来说。"没有撞坏人，还算好的呀！"

我们拖着那可怜的马车，逼着孩子回到了家里。好不容易，才止住了大孩子的哭泣。细细检查那辆马车，已经没有一点救济的办法，只好把它丢到屋角去。

"一定是原来就坏的，所以这样便宜哪！"妻说。

"那自然，"我说，"即使不坏，也不会结实的，所以是牺牲品呵。这十天来也玩得够了，现在就废物利用，把木头的一部分拆下来烧饭吧。"

"那不能！"大孩子着急地叫着说，"我要的！"

他立刻跑去，把那个歪曲了的马头抱住了。许久许久，我还看见他露着忧郁的眼光，翕动着嘴唇在低声的说着什么，轻轻地抚摸着他所珍爱的结束了生命的马车。

一连几天，他没有开过笑脸。

旅人的心

或是因为年幼善忘，或是因为不常见面，我最初几年中对父亲的感情怎样，一点也记不起来了。至于父亲那时对我的爱，却从母亲的话里就可知道。母亲近来显然在深深地记念父亲，又加上年纪老了，所以一见到她的小孙儿吃牛奶，就对我说了又说：

"正是这牌子，有一只老鹰！……你从前奶子不够吃，也吃的这牛奶。你父亲真舍得，不晓得给你吃了多少，有一次竟带了一打来，用木箱子装着。那时比现在贵得多了。他的收入又比你现在的少……"

不用说，父亲是从我出世后就深爱着我的。

但是我自己所能记忆的我对于父亲的感情，却是从六七岁起。

父亲向来是出远门的。他每年只回家一次，每次约在家里住一个月。时期多在年底年初。每次回来总带了许多东西：肥皂，蜡烛，洋火，布匹，花生，豆油，粉干……都够一年的吃用。此外还有专门给我的帽子，衣料，玩具，纸笔，书籍……

我平日是最喜欢和姊姊吵架，什么事情都不能安静，常常挨了母亲的打，也不肯屈服。但父亲一进门，我就完全改变了，安静得仿佛天上的神到了我们家里，我的心里充满了畏惧，但又不象对神似的慑于他的权威，却是在畏惧中间藏着无限的喜悦，而这喜悦中间却又藏着说不出的亲切的。我现在不再叫喊，甚至不大说话了；我不再跳跑，甚至连走路的脚步也十分轻了；什么事情我该做的，用不着母亲说，就自己去做好；什么事情我该对姊姊退让的，也全退让了。我简直换了一个人，连自己也觉得：聪明，诚实，和气，勤力。

父亲从来不对我说半句埋怨话，他有着宏亮而温和的音调。他的态度是庄重的，但脸上没有威严却是和气。他每餐都喝一定分量的酒，他的皮肤的血色本来很好，喝了一点酒，脸上就显出一种可亲的红光。他爱讲故事给我听，尤其是喝酒的时候，常常因此把一顿饭延长了一二个钟点。他所讲的多是他亲身的阅历，没有一个故事里不含着诚实，忠厚，勇敢，耐劳。他学过拳术，偶然也打拳给我看，但他接着就讲打拳的故事给我听：学会了这一套不可露锋芒，只能在万不得已时用来保护自己。父亲虽然不是医生，但因为祖父是业医的，遗有许多医书，他一生就专门研究医学。他抄写了许多方子，配了许多药，赠送人家，常常叫我帮他的忙。因此我们的墙上贴满了方子，衣柜里和抽屉里满是大大小小的药瓶。

一年一度，父亲一回来，我仿佛新生了一样，得到了学好的机会：有事可做，也有学问可求。

然而这时间是短促的。将近一个月，他慢慢开始整理他的行装，一样一样的和母亲商议着别后一年内的计划了。

到了远行的那夜一时前，他先起了床，一面打扎着被包箱夹，一面要母亲去预备早饭。二时后，吃过早饭，就有划船老大在墙外叫喊起来，是父亲离家的时候了。

父亲和平日一样，满脸笑容。他确信他这一年的事业将比往年更好。母亲和姊姊虽然眼眶里贮着惜别的眼泪，但为了这是一个吉日，终于勉强地把眼泪忍住了。只有我大声啼哭着，牵着父亲的衣襟，跟到了大门外的埠头上。

父亲把我交给母亲，在灯笼的光中仔细地走下阶级，上了船，船就静静地离开了岸。

"进去吧，很快就回来的，好孩子。"父亲从船里伸出头来，说。

船上的灯笼熄了，白茫茫的水面上只显出一个移动着的黑影。几分钟后，它迅速地消失在几步外的桥的后面。一阵关闭船篷声，接着便是渐远渐低的咕呀咕呀的桨声。

"进去吧，还在夜里呀。"过了一会，母亲说着，带了我和姊姊转了身。"很快就回来了，不听见吗？留在家里，谁去赚钱呢？"

其实我并没想到把父亲留在家里，我每次是只想跟父亲一道出门的。

父亲离家老是在夜里，又冷又黑。想起来这旅途很觉可怕。那样的夜里，岸上是没有行人，也没有声音的，倘使有什么发现，那就十分之九是可怕的鬼怪或恶兽。尤其是在河里，常常起着风，到处都潜着吃人的水鬼。一路所经过的两岸大部分极其荒凉，这里一个坟墓，那里一个棺材，连白天也少有行人。

但父亲却平静地走了，露着微笑。他不畏惧，也不感伤，他常说男子汉要胆大量宽，而男子汉的眼泪和珍珠一样宝贵。

　　一年一年过去着，我渐渐大了，想和父亲一道出门的念头也跟着深起来，甚至对于夜间的旅行起了好奇和羡慕。到了十四五岁，乡间的生活完全过厌了，倘不是父亲时常寄小说书给我，我说不定会背着母亲私自出门远行的。

　　十七岁那年的春天，我终于达到了我的志愿。父亲是往江北去，他送我到上海。那时姊姊已出了嫁生了孩子，母亲身边只留着一个五岁的妹妹。她这次终于遏抑不住情感，离别前几天就不时流下眼泪来，到得那天夜里她伤心的哭了。

　　但我没有被她的眼泪所感动。我很久以前听到我可以出远门，就在焦急地等待着那日子的。那一夜我几乎没有合眼，心里充满了说不出的快乐。我满脸笑容，跟着父亲在暗淡的灯笼光中走出了大门。我没注意母亲站在岸上对我的叮嘱，一进船舱，就象脱离了火坑一样。

　　"竟有这样硬心肠，我哭着，他笑着！"

　　这是母亲后来常提起的话。我当时欢喜什么，我不知道。我只觉得心里十分的轻松，对着未来，有着模糊的憧憬，仿佛一切都将是快乐的，光明的。

　　"牛上轭了！"

　　别人常在我出门前就这样的说，象是讥笑我，象是怜悯我。但我不以为意。我觉得那所谓轭，是人所应该负担的。我勇敢地挺了一挺胸部，仿佛乐意地用两肩承受了那负担．而且觉得从此才成为一个"人"了。

　　夜是美的。黑暗与沉寂的美。从篷隙里望出去，看见一幅黑布蒙在天空上，这里那里镶着亮晶晶的珍珠。两岸上缓慢地往后移动的高大的坟墓仿佛是保护我们的炮垒，平躺着的草扎的和砖盖的棺木就成了我们的埋伏的卫兵。树枝上的鸟巢里不时发出喊喊的拍翅声和细碎的鸟语，象在庆祝着我们的远行。河面上一片白茫茫的光微微波动着，船象在柔软轻漾的绸子上滑了过去。船头下低低地响着淙淙的波声，接着是咕呀咕呀的前桨声和有节奏的喊咄喊咄的后桨拨水声。清冽的水的气息，重浊的泥土的气息和复杂的草木的气息在河面上混合成了一种特殊的亲切的香气。

我们的船弯弯曲曲地前进着，过了一桥又一桥。父亲不时告诉着我，这是什么桥，现在到了什么地方。我静默地坐着，听见前桨暂时停下来，一股寒气和黑影袭进舱里，知道又过了一个桥。

一小时以后，天色渐渐转白了，岸上的景物开始露出明显的轮廓来，船舱里映进了一点亮光，稍稍推开篷，可以望见天边的黑云慢慢地变成了灰白色，浮在薄亮的空中。前面的山峰隐约地走了出来，然后象一层一层地脱下衣衫似的，按次地露出了山腰和山麓。

"东方发白了。"父亲喃喃地念着。

白光象凝定了一会，接着就迅速地揭开了夜幕，到处都明亮起来。现在连岸上的细小的枝叶也清晰了。星光暗淡着，稀疏着，消失着。白云增多了，东边天上的渐渐变成了紫色，红色。天空变成了蓝色。山是青的，这里那里迷漫着乳白色的烟云。

我们的船驶进了山峡里，两边全是繁密的松柏，竹林和一些不知名的常青树。河水渐渐清浅，两边露出石子滩来，前后左右都驶着从各处来的船只。不久船靠了岸，我们完成了第一段的旅程。

当我踏上埠头的时候，我发现太阳已在我的背后。这约莫二小时的行进，仿佛我已经赶过了太阳，心里暗暗地充满了快乐。

完全是个美丽的早晨。东边山头上的天空全红了，紫红的云象是被小孩用毛笔乱涂出的一样，无意地成了巨大的天使的翅膀。山顶上一团浓云的中间露出了一个血红的可爱的合着嘴的嘴唇，象在等待着谁去接吻。西边的最高峰上已经涂上了明耀的光辉。平原上这里那里升腾着白色的炊烟，雾一样。埠头上忙碌着男女旅客，成群地往山坡上走了去。挑夫，轿夫，喊着道，追赶着，跟随着，显得格外的紧张。

就在这热闹中，我跟在父亲的后面走上了山坡，第一次远离故乡，跋涉山水，去探问另一个憧憬着的世界，勇往地肩起了"人"所应负的担子。我的血在飞腾着，我的心是平静的，平静中满含着欢乐。我坚定地相信我将有一个光明的伟大的未来。

但是暴风雨卷着我的旅程，我愈走愈远离了家乡。没有好的消息给母亲，也没有如母亲所期待的三年后回到家乡。一直过了七八年，我才负着沉重的心，第一次重踏到生长我的土地。那时虽走着出门时的原来路线，但山的两边的两条长的水路已经改驶了汽船，过岭时换了洋车。叮叮叮叮的铃子和呜呜的汽笛声激动着旅人的心。

到得最近，路线完全改变了。山岭已给铲平，离开我们村庄不远的地方，开了一条极长的汽车路。她把我们旅行的时间从夜里二时出发改做了午后二时。然而旅人的心愈加乱了，没有一刻不是强烈地被震动着。父亲出门时是多么的安静，舒缓，快乐，有希望。他有十年二十年的计划，有安定的终身的职业。而我呢？紊乱，匆忙，忧郁，失望，今天管不着明天，没有一种安定的生活。

实际上，父亲一生也是劳碌的，他独自负荷着家庭的重任，远离家乡一直到他七十岁为止。到得将近去世的几年中，他虽然得到了休息，但还依然刻苦地帮着母亲治理杂务。然而，他一生是快乐的。尽管天灾烧去了他亲手支起的小屋，尽管我这个做儿子的时时在毁损着他的遗产，因而他也难免起了一点忧郁，但他的心一直到临死的时候为止仍是十分平静的。他相信着自己，也相信着他的儿子。

我呢？我连自己也不能相信。我的心没有一刻能够平静。

当父亲死后二年，深秋的一个夜里二时，我出发到同一方向的山边去，船同样地在柔软轻漾的绸子似的水面滑着，黑色的天空同样地镶着珍珠似的明星，但我的心里却充满了烦恼，忧郁，凄凉，悲哀，和第一次跟着父亲出远门时的我仿佛是两个人了。

原来我这一次是去掘开父亲给自己造成的坟墓，把他永久地安葬的。

活在人类的心里

在千万个悲肃的面孔和哀痛的心灵的围绕中，鲁迅先生安静地躺下了，——正当黄昏朦胧地掩上大地，新月投着凄清的光的时候。

我们听见了人类的有声和无声的欷歔，看见了有形和无形的眼泪。

没有谁的死曾经激动过这样广大的群众的哀伤；而同时，也没有谁活着的时候曾经激动过这样广大的群众的欢笑。

只有鲁迅先生。

每次每次，当鲁迅先生仰着冷静的苍白的面孔，走进北大的教室时，教室里两人一排的座位上总是挤坐着四五个人，连门边连走道都站满了校内的和校外的正式的和非正式的学生。教室里主宰着极大的喧闹。但当鲁迅先生一进门，立刻安静得只剩了呼吸的声音。他站住在讲桌边，用着锐利的目光望了一下听众，就开始了《中国小说史》那一课题。

他的身材并不高大，常穿着一件黑色的短短的旧长袍，不常修理的粗长的头发下露出方正的前额和长厚的耳朵，两条粗浓方长的眉毛平躺在高出的眉棱骨上，眼窝是下陷着的，眼角微微朝下垂着，并不十分高大的鼻子给两边深刻的皱纹映衬着这才显出了一点高大的模样，浓密的上唇上的短须掩着他的阔的上唇，——这种种看不出来有什么奇特，既不威严也似乎不慈和。说起话来，声音是平缓的，既不抑扬顿挫，也无慷慨激昂的音调，他那拿着粉笔和讲义的两手，从来没有表情的姿势帮助着他的语言，他的脸上也老是那样的冷静，薄薄的肌肉完全是凝定着的。

他叙述着极平常的中国小说史实，用着极平常的语句，既不赞誉，也不贬毁。

然而，教室里却突然爆发笑声了。他的每句极平常的话几乎都须被迫地停顿下来，中断下来。每个听众的眼前赤裸裸地显示出了美与丑，善与恶，真实与虚伪，光明与黑暗，过去现在和未来。大家在听他的中国小说史的讲述，却仿佛听到了全人类的灵魂的历史。每一件事态的甚至是人心的重重叠叠的外套都给他连根撕掉了。于是教室里的人全笑了起来，笑声里混杂着欢乐与悲哀，爱恋与憎恨，羞惭与愤怒……于是大家的眼前浮露出来了一盏光耀的明灯，灯光下映出了一条宽阔无边的大道……大家抬起头来，见到了鲁迅先生的苍白冷静的面孔上浮动着慈祥亲切的光辉，象是严冬的太阳。

但是教室里又忽然异常静默了，可以听见脉搏的击动声。鲁迅先生的冷静苍白的脸上始终不曾露出过一丝的微笑。

他沉着地继续着他的工作，直至他不得不安静地休息的时候。

还没见过谁将自己的一生献给全人类，做着刺穿现实的黑暗和显示未来的光明的伟大的工作，使那广大的群众欢笑又使那广

大的群众哀伤。

只有鲁迅先生。

他将永久活在现在的和未来的人类的心灵里。

新的枝叶

许久不曾出城了，原来连岩石上也长了新的枝叶。隐蔽着小径的春草，多么引人怜惜。虽是野生的植物，毕竟刚生长呀。这里可也存在着泼剌的生命，给风雨吹润着，阳光抚爱着，希望茁壮地成长起来的。夏天一到，不就茂密而且高大，变成了音乐的摇篮吗？

看呵，那细嫩的肢体，怯弱的姿态，清冽的呼吸，虽是无知的小小生命，也够可爱了。谁不想加以亲切的抚摩，报以温和的微笑呢？

这样想着，我依恋地轻缓地走在小径上，生怕给与可爱的春草重大的伤害。我厌憎那在我身边急促地走过的人们。他们用粗暴而且沉重的脚步到处蹂躏着，对那吱吱地惨叫着的声音，也不生一点同情。

然而，世上还有比这更使人切齿地厌恶的。

在前面，一幢新的小屋旁，离我不十分远的地方，突然出现了一棵奇异的树木。枯萎的叶子，焦黑的枝干。是曾经被猛烈的火焰燃烧过的。我不禁愤怒得连毛发也竖起来了。

几个月前，那时还是冬天，我曾经到过这地方。我看见了一堆瓦砾，一堆余烬未熄的木料，和这样一棵刚被燃烧过的树木。

不知是在这树木的那一边，许多人围做了一团，叹息着，悲愤着。我看见一个失了血色的小小的脸庞躺在地上……

是魔手在这里抛下了恶毒的炸弹，戕害着这小小的生命！

现在，他不复在这地上了，地上铺满了青色的娇嫩怯弱的春草。瓦砾堆上已经建筑起新的小屋。而那还残留着燃烧的痕迹的树木，也已渐渐苏醒过来，在丫杈间伸出了短小的嫩芽。

希望是无穷的，人的力和自然的力在改换着世界。但把仇恨记在心头吧，被戕害的是个可爱的小小的生命呵！倘使他活着，转瞬间不就是个茁壮的青年吗？

即使在岩石上，也要生长出新的枝叶呀！

火的记忆

是在寒冷的深夜，错综复杂的思想占据了我。我的四周早已什么声音也没有，死一般静寂了的，但我却象做着一连串的噩梦似的，时刻被我脑子里的喧嚷所惊搅。我的心老是怦怦地跳动着，我简直还听到了身上的血流剧烈地冲击的响声。

许久许久我不曾睡去，我没法使自己安静。

但是有一回，四周的静寂忽然给另一种声音冲破了。

那是哨子的声音：尖利，急骤，短促。

我仿佛听见室外的空气起了嘶嘶的鸣叫，一切都颤栗了起来。

困扰我许久的复杂的思想现在全消失了。我为那突袭的事变所惊悸，起了一阵深深的惶惑。

无疑的，那是一种灾祸——它已经发生了，它将落在那些人身上呢？

我需要判断，我得镇定自己，把注意力集中在听觉上。分辨那声音所发的方向和距离，以及远远近近随它而起的一切回声。

我听见外面有些人奔跑了过去，附近的邻居打开了窗户。

"在城南……"隔壁露台上有人在说。

"远着呢……"另一个人应着。

随后在杂乱的声音中，我又听见了一句不十分响亮的话：

"天都红了……"

现在我全知道了。我不但安静下来，而且冷漠得什么感觉也没有。这是一种灾祸，是的，只是一种小小的灾祸，于我无关的灾祸；遭遇到灾祸的人应该需要别人的援助，但不会需要我们的援助，而我也不需要援助别人，不能援助别人，不，甚至连同情也不，因为同情是徒然的——我的理智，或者是我的感觉，这样清晰地对我解释着。

于是我想让自己睡去了。睡眠比什么都要紧，我觉得。

可是新的错综复杂的思想又上来了，它又占据了我的脑子，喧嚷得有如市场似的，我怎样也没法睡熟去。只是昏昏沉沉的躺着躺着。

…………

许久许久，我的眼前渐渐明亮起来了。

我看见我自己躺在母亲的脚后，一盏黯淡的油灯的光照射着我的蓬松着头发的小小的后脑。从我的短促而沉浊的鼾声里，可以想到我白天从小学校里带来了过分的疲劳，夜是静寂而且寒冷的。

就在这时，母亲突然坐起来了。她为外面一种可怕的声音所惊醒，立刻披上衣，叫喊着推醒了我，同时把我的衣服丢到我的身边。

我好象还没睁开眼睛，就从温暖的被窝里跳了出来，摇晃地抖动着身子，牙齿轧轧地撞着。是因冬夜的寒冷还是因了恐怖，我不知道。我只觉得母亲的话好象一盆冷水似的突然泼到了我的身上。

"起火了！"她叫着。

我看见她第二次把衣服往我背上一披，就急促地去打开房门，立刻消失了。

"我去看来！莫动！"她似乎这样叮嘱着我。

我简直形容不出来我吓得什么样子，在这顷刻间我好象感觉到火就在我床下烧着，屋顶要立刻塌下来一般。

我发着尖利的叫声，几乎和母亲同时，窜出了我们的房子。

母亲已把弄堂外面的一道门打开了。我望见火在离我们五六丈远，隔着一个院子的屋里烧着，烟火笼罩着院子的一角噼噼啪啪的响着。而那火燃烧着的隔壁几家人家，却还是没有动静。

"火……啊……"母亲提高了喉咙，哀号似的接连叫了两声。

我又被她的惊叫吓住了，攀住她的手，只是抖索着。

母亲仿佛生气了，我记得她暴躁地挣脱她的手，把我往门里用力推了一下，叫着说：

"敲锣呀！"

我记不清楚，我是怎样窜过黑暗的弄堂，在房内怎样摸到铜锣和铜锤。就在房内，我用力敲了起来，一直奔到门口。

我现在有了勇气和力量，铜锣和铜锤成了我的武器了，我不再发抖了，我的心已经镇定下来，知道怎样才能扑灭那可怕的灾祸，怎样拯救那许多的邻人。我用极度急骤的铜锤敲着，好象天崩地塌似的。

我看见人涌出来了，从屋里从屋外火光和灯光照明了整个院子。从喧叫声中我听见了纷纷的叫喊："水！水桶！"

母亲捧了一只湿淋淋的面盆从我身边擦过去了……

我受她的行动的暗示，下意识地跑到屋檐下的水缸边，几乎把铜锣和铜锤一齐放进了水缸里去舀水。

"水桶呀！"

我听见有人在叫，立刻觉醒过来，就丢下手里的东西，跑进屋内，拖出一只并不比我低矮好多的水桶来。但一到门口，这水桶就不晓得被谁夺去了，同时，母亲已经跑回来，把她手里的面盆塞到我手里。我跑到水缸边，舀了一满盆，向对面跑过去，半路里又被谁抢去了。

我立刻变成了一个最迅速的传递者，不管是谁，我都抢了他手中空着的盛水的器具，往来奔跑着。从噪杂的声音中我听见外面有一种锣声在奔驰，我能够辨别那是一种小锣的声音，单属于水龙会的。我知道那有把握扑灭火灾的水龙就要到了。

但我却希望我能在它来到之前，把火扑灭下来。我只是拚命地传递着水，传递着水。我一点也不觉得我自己力量的微小。除了水，我没有注意到别的。连母亲在做什么，她什么时候跑回了房里，我也没有注意到。我简直什么都忘记了。水龙会的铜锣声在外面奔驰着，而我，奔驰在火的面前，象一个冲锋的勇士……

"火冒顶了！快管自己吧！"一个堂叔叔忽然捉住了我的手臂，把我推着。"你妈呢？找妈去呀！"

我愣了一愣，望一望猛烈的火势，才感悟到自己的微小。我知道要想扑灭这火已是无望的了，除非水龙赶快的到来。但水龙什么时候到来呢？一条还是两条呢？而我们的屋子却是连着的，虽然只隔着一个院子。

我赶忙放下面盆，走进自己的屋内。我看见我们的房子里已经点满了灯烛和灯笼，人声闹嚷嚷的，已经有四五个亲近的叔伯在帮忙搬东西。母亲在床背后找她储藏着的首饰，已经满脸是汗了。她看见我，立刻丢给我一串钥匙，叫我上阁楼去开门。

"快搬上面的箱子！"她对一个叔叔说。

我知道那些箱子里的东西都是最重要的，母亲平日不轻易给人知道，为防偷窃，曾经做了两道门，而且都用很坚固而又不易开开的洋锁锁着。她现在把这责任交给了我，显然这是非常急迫了。我立刻跑过去，来不及把靠壁挂着的梯子放下，就一口气猛了上去，打开两道门，把几只箱子拖到梯子边，交给了那个叔叔，这些箱子都是十分巨大而且沉重，有一只皮箱还放置在厚木的柜子里，我从来不会有力量搬得动，这次不知怎的也给我拖出来了。

等我从上面下来，我看见我们的弄堂口已经给火光照得通红。外面的喧嚷声更加大了，我们的屋子里也来了更多的人。大家在说着火势更大了，已经烧过来了，前面已经不通了，水龙到了，但好象坏了。母亲在叫着开后门，在叫人把东西往后门搬，我于是跑回靠后墙的一个房间去。

我看见一个大人已经移开了房内的床铺和桌椅，他正在用把斧头似的东西在敲那砖砌的墙壁。因为我们的后墙外就是人家的田，没路可通，并没有后门，父亲就在这墙上设了一道假门，防备意外。这虽然比墙壁薄了一层，可仍是砖砌的，相当坚固。我看见他用力敲那墙壁，一连五六次，却只见一些泥灰落下来。

我心里一急，忽然记起了母亲的话，背起一条长凳，用着所有的力，连人撞了去……

这在我是一个奇迹，母亲从前曾经教过我紧急时用这方法开假门，我从来不曾相信过一条长凳可以撞开它，而现在，它可真的给我撞开一个很大的窟窿了。我心里真是说不出的喜欢，觉得从此大家有了生路，就接连撞翻了假门上所有的砖头。

我好象长大了一倍，有了二十四五岁的年纪似的，怎样也用不尽我的气力，什么东西都搬得动，拖得动，只是朝着后墙外丢着丢着。

母亲在做什么，我没有注意到。直至过了许久，有人挡住我，说是火快熄了，我才走到后面的小天井里找到了她。

她正跪在地上，合着掌，在虔诚地低声的感谢菩萨，重复地应允着几天内还她刚才许下来的心愿。她的声音还带着惊恐的颤栗，说到后来却象喜悦得快要哭出来了。

我默默地走近她，在她后面跪下了。我的心中充满了一种说不出的喜悦，激动得几乎哭出了声。我惊异我自己竟有了这样大的力量，救了别人，又救了母亲……

忽然，母亲给我惊醒了，她回转头来，惊骇地叫着说：

"啊——你——这一点衣裳呀！"

在暗淡的灯笼的光下，我这才发现我自己只穿着一身薄薄的睡衣，而且全是湿滴滴的，不知道是水还是汗。

可是我只觉得热，火一样的热。……我的小小的心头有火在烧着。我要扑灭那可怕的灾祸，我要拯救那灾难中的人，我忘记了自己。

…………

我看见我自己长大起来了。第二年的冬天，我长得更高大更结实也更勇敢。

一天下午，寒风刮得很大，街上忽然敲起水龙会的铜锣来。火在五里外燃烧着，已经远远地可以望见黑烟了，有人说那是乐家老屋，那里正住着我平日最喜欢的一个叔叔的一家人，但叔叔现在不在家，他出了远门，我听了这消息着了急，来不及告诉母亲，就抢着往那边跑了。水龙会已经有一部分的人跑着去救火，但我都追过了他们。我不循着路走，只是从那些比较干燥的田上抄了去。风大，火冒得快，人人都说今天四五条水龙也没法把火扑灭了。我一路跑着，一路望那火势，果然越来越猛烈，也越来越看清楚是乐家大屋，我说不出我心中着急到什么样，我跑着简直象飞着，我的脚不象踏在地上，很象是风在吹着我走。到达乐家大屋的时候，我是我们村上最先到的一批人之一。

乐家老屋是我儿时所见过的最大的屋，我数不清它有多少房间，一进又一进，总觉得走不完似的。这里是我那个婶婶的娘家，她们住在东边。火是从西边燃起来的，风正往东吹，黑烟已经卷到她们的屋顶上了。在西边，房子正一间一间的在燃烧中崩塌着，宏亮的可怕的声音掩住了一切喧嚷声。这是我儿时第一次见到的惊魂动魄的悲惨的现象：在乐家老屋的四周田野上，人象热锅上的蚂蚁一般奔跑着，女人和孩子在凄厉地啼哭，到处杂乱地堆满了箱笼杂物。

在一堆小山一样高的杂物中，我找到了我的婶母，她正象一年前我的母亲，流着满头的汗，蓬乱着头发，脸上满是尘灰，拖着一只箱子从屋内走了出来。她的老年的母亲带着外孙伏在箱堆上失魂似的叫着："快烧到了！阿呀，烧到了，菩萨……菩萨……"

经过长途的奔跑，我已经满身是汗了，但这情形，不容许我休息。我得立刻把衣脱下，丢给她老人家，抢先跑上婶母，奔向她的房里去。那里间有不少的人和婶母的一个兄弟在抢救东西，浓烟已经冲入屋内，蒙住了许多角落。我第一次拖出来一只大箱子，第二次又回身抢了一个棉被，接着是衣服，桌子，床铺的一部分……可是现在已经迟了，火焰已经蛇舌似的舐到了屋檐，房内睁不开眼睛了，婶母大声地叫喊着，要我们快出去，她怕我们遇到危险，但是我抹了抹眼睛，又冲进去两次，拖出两只箱子来。最后终于被婶母拖住了。

"屋子要塌了呀！"她惊恐地叫着说。

等我刚刚停住在屋外，屋外的人又起了一种新的喧嚷。大家在叫着火已逼近来了，这里正居下风，一切丢在凹里的东西还得赶紧搬开，我望望婶母的屋子，火已冒了顶，我站着的地方突然热了起来。

"赶快搬田里的呀！"婶母推着我说。

我立刻又跟着大人们动手了。田上的东西高高低低的堆得太多，到处挡着路。我从这里跳到那里，尽着气力把靠屋子的东西搬完，屋子已经山崩地裂的塌下来。那一股热气，几乎把我窒息死了。但是我一点也不害怕，我只是搬动着东西。

火在我身边烧着，也在我身内烧着。我忘记了危险，忘记了自己。我恨不得援助婶母以外，还有力量援助所有的人。

....

我现在成了真正的大人了。在异乡流浪了好几年以后，我回
到了故乡，而且做了父亲。我的父亲和母亲现在已经白了头发。

又是一个冬天的下午，我重新听见水龙会的铜锣响。火灾发
生在十二里外的一个村庄。我又跟着许多人往那边走了去——但
这次不复是奔跑了，我只是略略加速了平时的步伐。我穿着一件
丝织的棉袍，因为我是一个读书人，一个文人。我心里很着急，
我仍然想脱下这一件累赘的长袍，用最快的速度跑到那边去帮助
别人，但是有什么阻住了我，使我觉得这不是我的责任，也不是
我能胜任的事了。而且，救火的人可以飞似的往前跑，我不能，
我只能以看火者的身份出现在众人的眼前。

于是这一次，当我走到那失火的地方，什么都完了，水龙会
已打了转，摆在我眼前的只是些未熄的余烬，枯焦的瓦砾，和零
乱的家具。凄惨的哭诉声震撼着我的心灵，我带着失望与悲苦的
情绪颓然回到家里。

我的心头一样地燃烧着热的火，但这火现在被什么阻抑着，
变成了忧郁的火了。

....

有一个秋末冬初的早晨，我看见我自己挂着泪痕，呆立在一
座四层楼的屋顶上。我从来不曾见到这样可怕的大火，我的心也
从来不曾受过这样大的恐怖与悲惨的袭击。

我的面前，是一个广阔的世界，广阔的天空，但不是可爱的
温和的人的世界，也不是可爱的美丽的天空。唉，那是人间的地
狱，魔鬼的天空呵！火焰到处奔腾着，黑烟象是飞舞的巨蛇，它

把半边的天空吞没了，隆隆的雷声在地上鸣响，震撼着一切。

那里有数不清的华美坚固的房屋，无法统计的财产，是曾经千千万万的人用血汗经营过的一个繁盛的区域，现在全给敌人毁灭了，被魔鬼的手毁灭了。

我站在屋顶上对着那大火望着望着，自晨至暮，一天又一天，一天又一天，只是望着。我不复知道我看的是什么，听的是什么，脑子里想的是什么，我象失了魂，失了知觉，一会儿哭泣起来，一会儿叫喊起来，一会儿又狞笑起来。我仿佛不是在人间，我仿佛坠入了最深的地狱。

现在，我失却了我的心了。我的心已经被烈火烧成了齑粉。除了狂暴的愤怒，我没有情感也没有感觉了。

…………

又是一个冬天的晚边，我看见我自己走回到一个大火后的城市。这里原是我最熟悉的一个地方，大街小巷都曾留下我不少的足迹的，每次当我远远地走近它，我几乎都可以闻到它的一种亲切的特殊的气息。可是这一次，我的鼻子里满是烟火的窒息的气味，大火已经过了五天，还远远地望得见好几处仍在燃烧着。一代一代不晓得经过了多少年发达繁盛起来的城市，现在全毁灭了。我踏着零乱枯焦的砖瓦走着，一点也辨认不出它原来的面目了，这是一种什么样的灾祸呵，谁也不能估计这一次损失了多少生命和财产。但是我硬着心肠日夜在那里徘徊着。我已经没有眼泪可流了，眼泪是徒然的。在这时代，多少人变了禽兽，日夜用飞机大炮来屠杀我们上千上万的人，这火灾又算什么呢！在我的脚下的瓦砾堆中，应该埋葬着许多无辜的同胞，但是我连叹息也抑止住了，我们虽然还活着，谁又知道我们的结局呢！我们的头上不是常常盘旋着魔鬼的翅膀，常常丢下那可怕的爆炸弹来吗？

是的，我身内正在燃烧着猛烈的怒火，对这世界，我们不会再流眼泪，再发叹息了。我只有狞笑。

…………

现在，我看见我自己生着可怕的疯狂的病。我有着最坏的脾气，最硬的心肠。我看见过太多太大的火，今晚那远远传来的火警不再能引起我的注意了。这在我只是一个极小极微的遭遇。在这时代，一个人的死亡，一些财产的损失，算不了什么灾祸！

倘若我能活着，能够活下去，谁又能给我暴风一样的力，我一定伸出巨大的手掌，扼住所有的敌人的咽喉，一直到他们倒下而且灭亡！

倘若我有那什么也扑灭不了的火种，我一定燃起那亘古未有的大火，烧尽全世界所有残暴卑劣的人群！

…………

天呵，是谁毁灭了我的温良的人性，把魔鬼推进了我的胸中的呢？我简直不认识我自己了。呵，给我纯洁的灵魂，慈悲的心肠，多情的热泪，让我从噩梦中醒来吧！

从灰暗的天空里

我又给关在一间小小的病室里了。时间象停止了轮辙似的，好长的昼和夜呵！

桃李该开满了山林吧？不正是遍地铺盖着绿油油的茵草的季节吗？

是呵，嫩绿的柳条该低垂在岸边，清澈的溪水该在淙淙汩汩的歌唱了。

那旁边，那垂柳低垂着的溪边，可展开着一片无穷尽的田野？绿油油的细柔的禾秧，在轻软地波漾着？是用新翻起的鲜洁的黄土做成了田塍，把那田野整齐地画成了一格格的棋盘吧？有什么在那里跳着叫着呢？谁在那里负着锄头愉悦地望着出神呀？

是可爱的季节。我不能远远地望一望那些景物吗？不，不，即使是阳光也好，就从那窗隙里穿进来的呵。

为什么又把我关在这小小的病室里呢？什么也看不见，连阳光也那样的吝啬。不，就是一线蔚蓝的带一点红霞的天空也好呵！

咳，窗外堵住了墙，是一道黑的墙。从那最高的窗隙里，只给我露着不到一尺宽的天空。我在望着，时刻的望着。我愿意这小小的天空，给我看见一线愉快的颜色，即使是一瞬间就飘过去的白云，即使象飞箭似的穿过去的一片鸟儿的羽翅。

我等待着，我凝望着。

但是什么也没有。那狭窄的天空，老是沉着脸。灰暗朦胧涂着我的窗隙。

为什么你老是这样不快活呢，天空？你这样的沉着脸，不止一天两天了。五六年前，当我在故乡的时候，你不是也常常这样的沉着脸吗？那是好远的故乡呵，隔着千山万水。然而你现在也在我故乡这样的沉着脸吗？你在那里看见了什么呢？

你看见了那被敌人践踏着的土地吗？同胞的血涂满了地面了，我们的屋子，我们的道路，现在是谁在住着，谁在走着？谁牵去了我们青年的妇女，谁夺去了我们用血汗灌溉出来的谷米？

呵，你不说，我全知道了。我看见一切了。

那不是我们的山吗？长满了苍翠的松柏的嘉溪山？现在不正是清明的季节，好多人在那里的祖坟边凄惨地啼哭着？

你该记得，我们年青时是不晓得悲哀的。我们只是借这机会跑一次山，摘下满衣兜的松花，在溪水中洗一次脚，捉一些活泼的鱼虾；我们只想在山谷中发现奇禽和怪兽；我们循着生疏的道途往前走着，只想看见新的景物，走到世界的尽头。

但是现在那些代替我们的后一代孩子们，为什么在那里尽管恐怖地战栗着呢？是不是他们看见了被挖掘过的祖坟中的骷髅？是不是望见了山谷里的敌人的枪刺了？是从狼的眼睛里射出来的吗，那从树叶后面穿过来的恶狠狠的渴血的眼光？

咳咳，你看那些在田野中的我们的农夫呵。他们的背全驼了，竟连头也抬不起来了。忧恨蒙着脸，有甚么沉重的东西压在他们的心头，他们是多么的憔悴呵。他们在为谁耕种呢？他们自己却饿着肚子？

咳，我又听见了什么呢？谁在对我控诉着？说吧！……

不，我不愿在这里徒然的述说那些控诉了，我要飞回去，从这灰暗的天空里飞回我的故乡，带着这些声音，和发亮的枪尖一起。

给我开开这病室的门，让我出去，我说！

给LN君

你病了，不幸的病了？冷清清的让你独自昏昏的躺着，没有谁来照顾你，看望你，理你，因此你感觉到了在沙漠中的凄凉，人类同情心的微薄，让你的悲哀的泪从你的眼中流了出来了？

不错的，朋友，沙漠中的凄凉确是难堪的，人类同情心的微薄确是令人不乐的。但这原是如此，从我们的第一个祖宗以来，沙漠并没有一个时期不凄凉过，人类的同情心并没有一个时期不微薄过，我们用不着伤心，用不着悲痛，更用不着希望未来的或一个时期，沙漠会变做不凄凉，人类的同情心会变做不微薄。

你要明白，朋友，人们忙碌着为自己的生活，为自己的享乐或渺远的幻景，都是对的，都是应该的。有些人轻视单为自己忙碌的人，以为伟大的人应该为人类，为世界而忙碌，不应单为自己而忙碌，单为自己而忙碌的是眼光短促，心胸狭窄，渺小的——甚而至于卑贱的——自利的人。这未免有点荒谬。他们似乎不懂得生活着是为的什么，又不懂得自己是正在那里为自己的生活，享乐或幻景忙碌着。"自利"两个字在一般人的脑中，现在已成为不堪卑鄙龌龊的字，实是极不幸的事。自利原是生活的真正目的，除开了它几乎便没有所谓生活。但幸而还有一件可以欣幸的事，就是"自利"成为卑鄙龌龊不过是在他们的脑中，口中，纸上的时候，而在他们的现实生活里"自利"还是唯一的主宰者。

"同情心"，你不要尊敬它，崇扬它，相信它。人类本是没有什么同情心的。这都是一班好事之徒捏造出来的字——仅仅是字罢了。你不要以为你一看见这三个字就有一种好感，这又是那一班人造谣，播弄的结果。实际上，同情心和自利是应该讨论一下对调一下的。你不要悲伤，以为人类没有同情心。你正应该反过来庆祝人类之没有同情心。你更不要在那里希望着人类的同情心有一天会沸腾起来，人类真正有了同情心的时候，许是极可怕，极危险，极不幸的事呢。

或者，诚实的朋友，你觉得我的话不对罢？或者，你以为人类的同情心微薄虽然是微薄，同情心毕竟还有一点，而我的话是出于愤激罢？不的，朋友，我敢确定的说人类原是没有同情心的。不错，你可以拿有些人的不乐，忧愁，悲伤，眼泪，来证明给我看，说他们有时为了他们的同伴的不幸，曾经有过这种种的状态。但这算什么呢？为了同伴的不幸而不乐，忧愁，悲伤，流泪，算得了什么？这在他们不过是偶然碰着的事情，无意的，倏忽的事情，一刹那间便会消灭的事情。这是他们生活的一种装饰，正如女孩子头上的花，脸上的粉；是他们生活的一种消遣，如我们吸烟，喝酒，吃花生米。有时，他们是想用这做买卖，想换得别人的感谢。"我从前对他怎样的好，他现在忘记了……"这一类的话，我们是常常听见的，我们因此可以知道他们在那里有一本清楚的出货簿。

笑，你不妨想一想时时刻刻看见的人们脸上的笑，到底他们对你有什么好意。不论在酒筵上，马路上，茅厕里，他们一遇见你必定要对你笑了一笑，笑了之后他们便要不客气的和你算账，争论，决斗，什么鬼事都闹了出来。一样的，朋友，有时你有了什么不幸，他们一面露出不乐，忧愁而至于流泪，一面却已在那里预备后场了。你不要相信笑和哭是好东西，那恐怕是世界上最无聊而又最可恨的呢。

有一天假使你不幸的死了，死得很可惨，或是子弹打烂了你的肚子，或是恶兽咬去了你的头，你的朋友必要跑来参观参观。忧愁显在他们的脸上，泪珠一滴一滴的从他们的眼中滚了下来，他们哭丧着声音说，"悲痛呀，悲痛呀！"但是他们一回去，立刻就和自己的爱人或所谓妻子，丈夫的接吻了。或者，假使他们是一对儿的在那里参观，他们许会在你的尸身面前接一个蜜甜的吻给你看看的。

你不要伤心，朋友，世界原是这样的，这样的世界原算是好的。因为谁在你的头颈上砍了一刀，原不痛到别人的头颈上去的。你的苦恼，你的不幸，都是你自己的事，如果别人帮助你叹一口气，你也就应该喜出望外的满足。

你病了没有人理你，我很为你喜欢，因为在人家的出货簿上可以少记你一笔账。不可以为只有鬼伴着你难过，鬼伴着你倒是一件可以庆幸的事情，因为他不会流那伤风者的鼻涕似的腌臜的眼泪给你看。

不过，你自己的固有的夫人却是应该赶快接到北京来的，她许可以给你一点什么的罢，朋友。

弱者中弱者的一封信

S. M. 女士：

　　我明知不到五六个月，便可在故乡的茅屋里会面了。但是……但是我刻下胸中充满着说不了的而想说的话，在这儿总是按压不下。可是在这冷冷清清的我眼中的北京，我觉得除了含着沙石的秋风和我常时吻着外，什么也没有和我亲近。我这种如钱塘江海潮的话，你教我说给谁听？就是我有勇气去说，他们是看我同一只野兽似的，谁敢来亲近我？就是他们都肯来听，谁又有同情心呢？

　　S. M. 呀！我知道你近来的情况，大约和我一样，你的脑海里所装的苦恼，怕更要比我多。或者我的思想，比你要宁静一点，我本不敢再写些苦语愁情，扰乱你的安宁，可是心理上如此思量，我身上却和受了催眠术似的一样，老是口不由己，把想说的话，不知不觉地吐了，——大吐而特吐了。这是我常时听得一般斯斯文文的先生们所说的"莫明其妙"吧！

　　唉！苦闷的象征呀！我想拿美丽的鲜花赠给它，要它早早地离开我，谁知它老不愿去！？它如洋婆子怀里睡着的哈叭狗似的在主人前恋留，我并没有爱狗的洋婆的柔怀，它却老不愿去。我真不解！我真不解！我镇日被它缠绕，几乎没命了。我到学校，它也盘踞张目在我眼帘里，在我心田里，和脑海里。我回到K地方，它也如前的跟我到了 K 地方。就是我在往来的路途上，它也拼命的跟着。呵！我全身被它包围，被它征服作俘虏了。我从早晨到晚上，从去年到今年，我的近况，恰如蜘蛛网上粘着的一个小蜻蜓。我的生命，完全在它的掌握中。呵！我说到这里我要告诉你我的混乱的苦闷的象征的来源！S. M. 你若知道了，也许笑我无用，也许笑我有少年的血气。S. M. ！不但你笑我！我自己也要自笑而且自恨！我本来是弱者，我一切的行为，都是弱者的行径。什么"无用"？什么"少年的血气"？我怕还说不上呢！我实在是弱者中的弱者，我在很久很久以前的一个秋天的晚上，我已替我自己开了个追悼会。我是想不出别的方法，如八股先生们做些挽联和挽诗，如西洋人们的阔绰，竖纪念碑如中央公园的中西合璧的哈丁碑那样"煞有介事"，我只有偷偷地对秋风而哭泣。

我本知道这世界上的人们，不会有什么光明！自然是冷酷！人心更冷酷。博爱呵！忠恕呵！恻隐呵！都是最狡诈最奸险最诡计的人类中的一般拿来欺骗弱者的工具，在我这样的弱者哭泣之余，没有别的自慰，除却死以外。我本想用我的眼在世界上看美丽的五色，可是他们那由我看。我想用我的耳在世界上听和谐的五声，可是他们那由我听。我想用我的两只粗手两只长脚在世界上做些事业，可是他们那由我占有一个针大的位置。他们有的是势力，有的是威权，有的是光洋。我呢！赤条条的一个人，除了父母给我这条生命以外，什么也没有！？唉！这些都是我未说话以前一段题外的"楔子"，说来不觉讨厌么？

我现在为时间的经济，精神的经济，我把我千端万绪的情绪，蚕抽丝似的表现些给你听。我告诉你！我老实告诉你！我这种苦闷，不是一朝一夕的偶然感触，乃是那年我们在BG地方的那天晚上，彼此谈天所种下的种子，而发生出来的恶果。

S. M. 我们不是谈了我们各人的前途吗？我那时已感到我们都是走在黑幕幕的地道上，那时在座的人们，他们虽然有些吃了苦，但是一个个总还走了几步好运。只是你和我糟糕！前面的一场，已经用眼泪演过，受够了辛苦。现在呢，又紧紧地排成一幕悲剧。在这种环境里，空气含着安姆尼亚的臭味。冷寂，讥讪，嘲笑，谩骂，这是人类惯用的天才。我们在未着手之前，我们为着防卫这种高尚人类的道德的攻袭，我们在冥茫的思海里，找我们的救济方法，但除了不管幸福之有无以外，还有什么法子，可以求目前的解脱？

谁人不爱幸福？幸福却总向那有钱有势的人们身旁去侍候，他们雇它去当听差，它倒甘心情愿。我们很恭敬它如上帝，它却瞧都不愿瞧。我们不是说过改造对方吗？但是世界上认为是洪水猛兽的一件事，吃人的礼教，什么话不会说。"你是叛逆"！"你是怪物"！这类的说法，和日本人说"共产"，说"过激"和"赤化"，完全无别。我们都是想求幸福，到末了幸福被乌有先生拿起跑了。我们在黯淡无光的宇宙里，莫可奈何了！我们在梦里的口号，也惟有叫出："牺牲！牺牲！"

今日的社会，我们不敢说他们是虚伪，不敢说他们是狡诈，不敢说他们……因为我们是没有他们的聪明也没有他们的势力，他们对我们的斥说，一定要说是"人其人，火其庐"，所以我们刻下的方法，无论谁都是说，"吾未如之何也矣"呜！呜！我们不会说官腔：什么醒眼看醉人。回顾自己，又不得不生活。于是乎猛省一下，你说：

"看透世界了！只是生，死，苦，恼，逐着我们跑！如此！如此！终竟不过如此！"

我那时不是冷冷地答道"我也以为如此"吗？

在那晚上屋中的空气，比死灰还冷静！我们的心儿，如古磬在萧条的禅寺里垂着。何等的默静？！我的生命的火焰，本来是很热烈的发光，我当初以为世界是前动的，有质的，公众的。世界上的一切，我都有份。我来世界上，我便有享受的威权，世界上的工作，我以为什么我都可以做，尝尝其中滋味。我不但自己想如此，一切的人们，也应得如此。我并没想到人类的心里想到有那样不可思议的东西，那样可怕的令我胆寒的东西。我以主观来处理一切，于今完全失败了。呵！呵！

S. M. 你自奋斗成功后，现在家园同新的恋人居住，应是快活了。但是你却苦恼，这叫我如何去求其理解呢？唉！S. M. 我的那个对方，脚是尖尖的牵牛花叶儿样的形状，脸儿是黄瘦得不堪！衣服是从来没有穿清楚。那眼睛有几分近视，当她看我的时候，却斜视着地面。这种的神情，我很印在脑海了，这是我初次和她见面的一回事？我何尝厌弃她？但她老不同我笑！我曾摩过她的手，曾摩过她的发，摩过她的眉毛，并且接过吻，但是她是被囚惯了的鸡雏，活泼的笑，从没有见她向我表示。她对于我，好象是旅客似的招待，我对于她，也不过一个客舍的女主似的和她周旋。这是我未来北京时的生活，我说出来，是多么没有趣味呵！但是我是弱者，她是木石，我在生命的基础上，是有无限的悲哀的；加上这一段坏的污垩，更是罪孽深重，灵魂的呜咽，在半夜之

中，怎能止息呢？

但是我不害羞，敢于说出来告诉你，实在是我不能自已，对欢心人说伤心话，是很不应该。好在你受过一番教训，依然是找不着幸福，对于我这弱者中弱者的哀吟，或者不会加以呵责，说是没有志气吧？

"早一天自觉，便是早一天向死的路上跑。"这是我常时自慰的话。你那年的意见，我于今尊崇了。我将来走在黑暗道上，不一定有什么希望我也知道。我羡慕你，我恨上帝。悲哀的酵菌，在我心中蕴藏，刺人的硫气，在我肺脏涌腾，虎列拉的微细的病种，已同时传染到我的身体来。它们使我麻木不仁，五官百体都失了常态。我的眼中和耳中所接受到的景象，是可怕的景象和声音。我的鼻中口中只尝着嗅着描不到写不出的酸臭。黑暗！沉寂！这是我刻下的境界，我只有彷徨，恐怖，怅惘，郁结！

我要想狂呼呢？谁来救援！？谁又肯救援！？谁存有丝毫的救援的动机！？人们的冷酷的讥笑，不在这刹那出现于他们的面上，那就是万幸了。两脚的猛兽！蓄含了幸灾乐祸的天性，孟轲发神经病一定要说人性善，呜！谁去信他？我从前喜欢听好话，到于今好话多了，听也听不完了。哼！梦幻的人生，我诅咒你！我诅咒你一千遍。我的S. M. 我是弱者中之弱者，我想你一定笑道："不会如此果毅吧！"

S. M. 你前来信，说你苦楚，我终久要说你比我无论如何好些。因为现在的社会里，宽恕女子的地方多，宽恕男子的地方少。如你做那回事，是多么时髦！谁人敢说你一个不字！现在提倡解放，完全为你们女子，男子是不原谅的。在这过渡时代中的婚姻问题，有钱有势有野心的男子，自然不成问题，只是我们这些弱者中之弱者见人也怕，见鬼也怕，什么爱情？绝不会在我的眼中出现！这不是说我不知道，老实不客气说！我有什么能力去邀情人的钟仰呢？世界上男盗女娼，自有史以来，是"天之经也，地之义也"的确而又确的象征，除了这个少数觉悟者以外。S. M. 你苦恼一场，收了五成的收获，我呢！想到那牵羊一般的送进新房的往事，是多么心伤呵！然而没有法，母亲父亲的命令，在那时的心，我无可奈何做了孝子了。人们做了孝子，是多么美满称心事，我却不然，只有呜咽！呵！无用！无用！弱者中之弱者！

我想我青春之梦，便完了吗？我设若这样，我又何苦来，我又何苦来！我的跑步在宇宙中经过，既然正在中途，赓续的急进，改造！改造！这是爱神在我耳后传来的口号。我的弱者的生涯，要求一个解除。但我有罗马教皇似的父亲，有伊利萨伯似的母亲，他和她对于我的事，不肯放松一步。我！我！我又有什么计划去破坏呢？什么手段去建设呢？我在这生命火花之中，要和家庭碰一个李陵碑，呜！呜！

S. M. 我在未提笔之前，本不敢说。但是你和我有特别的友谊，我喜欢你曾做过我的先锋。你的眼上没有色镜罩着，当不会不分黑白，如同常人一般地笑我的。

呵！我为我的自由，我为我的人格，我对于一切反抗了！反抗人！反抗万物！反抗自然！我的生命之火焰，烧断了人心的隔膜。不平的血波，决断了脉床的堤防。我爱什么？我爱生命的邮船，在风雨飘零之中，得一个伴侣。我不怕冷嘲与热骂，我不管恶鬼的吼叫。我从此只有在人生的途中，跳舞一会！赛跑一会！赛跑！跳舞！跑向死的门边去瞻候。

微小的生物

　　初冬的一个夜间，我独坐在小楼中。

　　可爱的秋的创造者的音乐久已悄然不复可闻，主宰着这夜间的，已是满含着凄凉滋味的沉寂。

　　油灯乍明乍灭地发着暗淡的光，在忧郁中影出了若呆若笨生动的杯壶的大影在墙上。墙壁露着漏水浸黑的霉点，愁容满面的站着，不是皱着黝黑的斑疤。屹立的书架晃摇着，不堪载重一般。

　　"啊，初冬的夜是凄凉而且可怕呵！"

　　在这种境象中，我不禁悚然沉思起来，目光便不知不觉离开了桌上的书本。

　　我看见了一幅同样凄凉的图画：

　　风比以前更尖削；太阳时常蒙着雾一般的面网，淡淡地发着光；灰色的云的流动显得滞呆而沉重。寒冷充满在大气中。野外的草木恐怖地抖颤着，无力拖曳它们翅膀似的，时时抖下萎黄的残缺的叶儿，一天比一天裸露了。远处的山仿佛火灾后的残迹，这里焦了头，那里烂了额。一切都变了色，换上了憔悴而悲哀的容貌。

　　"一般微小的生物已在这时灭亡了！"我想，对着这可怕的冬的图画。

这是的确的：许多的花草已经枯萎，虫豸的鸣声已经寂然；就连强的人也披上厚而重的衣，显得特别呆笨了。

但在这样想着的时候，一种轻微的袭击忽然落到了我的面上。仿佛无意的一般，它象一片柔毛的尖端在我的面上轻轻拂了一下。

灯光渐渐明亮了。

在染着密密的黑点的书页上，我隐约地看见了一个微小的生物。它微细到这样，几乎和行间的标点难以分别，若不是它在微微地蠕动着。

它仿佛是一个蚊子。

"咦，这时还有蚊子吗？"我不禁惊讶地想，"有意似的，它想证明我的感想的谬误吧？"

我想着，不自主的伸出指头往那里一抹。

似乎，它被我抹死了。但没有一点痕迹。很干，没有血，也没有水。指头很干净。在书上，黑点的中间，只留着三两颗微小的灰点。这大概就是这个微小的生物的身躯了。

"嗳，微小到这样！"

我想着，往书上嘘了一口气。于是连那灰一般的东西也不知那里去了。白的纸上仍只见黑色的字的斑点。

"这样的可怜！"我想，"没有一点声音，没有一点血或水分，当它被我抹死的时候。死了又没有一点痕迹。仿佛没有死，也没有活着过，很象世界上不曾有过这小东西。……"

正当我这样想着的时候，第二个蚊子似的小东西又飞来了。不，它不象是自己飞来，似乎是被什么驱落在书上一般。它的翅

膀和肢体一样的难以辨别。

我不自主的又伸出手指去抹了一下。

一切都和第一次相同：没有一点声音，没有一点血，也没有一点水分，只有几点微小的灰是它的痕迹，但这痕迹也不常在。

"咳咳，难道连感觉也没有吗？"我自己问自己说，"它曾经感觉到剧痛，稍微挣扎了一下，颤动了一下吗，当我的手指抹下去的时候？……"

灯骤然阴暗了。它似乎悲哀得不愿继续放光，抖颤着想熄了下去。墙上的影子晃摇了几下，愈加模糊起来，想凄然隐避一般。墙壁的皱纹愈加深了。书架伤心得象要倒了下来……

但这样的继续得不久，灯又骤然明亮了。

"嗡……"

一种声音忽然在我的耳边叫了起来。

它落在书上，微小的和前二个一模一样，但活泼，灵敏。

它伸展着翅膀，渐渐变大了。

我很清楚的看见了它的闪闪发光的眼睛，尖利的嘴，长而威凛的头颈，坚强的翅膀，粗大的腿——威严而且可怕。

"不象你所想象的那么微弱！"

它忽然对我抬起头来，大声的说起话来。

"到了第二个的夏天，我们又将起来，集合着伴侣，攻击你们卑劣的人们！那时，我们将吸尽你们的血液，带给你们疾病和死亡！……冬天是我们安息的时期，现在，我也去睡眠了，明年再和你相见！……"

它说完，嗡的一声，飞到不知什么地方去了。

我听着，不禁竦然，毛发都竖了起来。

灯愈加明亮了。墙上的影子凶恶地睁着眼。墙壁带着黝黑的斑点，张着口，狰狞地枯笑着。书架竖着眉毛，危然站着……

夏天的蛙

　　夏日的雨后，蝉声静寂了。咽咽的蛙声又进了我的耳鼓。虽象是有点凄凉，可是觉得特别的甜美。因为春天早已过去，蛙的鸣声也早已静默了。

　　春天里，漫山遍地的蛙不息地和奏着，仿佛并不足珍贵，而现在，却起了悔恨之感，以为即使默默地数着蛙声的振动的波浪的次数，度过整个的春天，生命也是幸福的。

　　然而现在，春天早已过去，蛙声也早已静默，而眼前的即使带着凄凉的鸣声也瞬将消灭了。

　　青春呵，我的青春！

　　我的青春已被时光一分一秒的卷散，一点一滴的消灭，现在全完了。

　　然而我却才开始珍惜起来。

　　我曾有过雨后的玫瑰那样娇嫩的面庞，我曾有过火一般红的热情的心。就在那时，我还有过不少的美丽的女友。她们全爱着我。然而我不曾将我的心的门打开来给她们。我顾忌着一切。她们伸过柔软的手来给我，我不敢握住那些手；她们对我凑过娇嫩的嘴来，我不敢甜蜜地吻过去。我掉转头走了。

　　因为我要求知识。

　　我有很聪明的头脑，我有很好的记忆力。同时，我还有学问很丰富的教师，很用功的朋友。他们都看重我，帮助我。还有很大的图书馆，整天开着门给我。然而我不曾努力下去，我不久走了。

　　因为我要工作。

　　我有强壮的身体，我有钢铁一般的筋骨。我的两手灵活而且有力。我能够挑很重的担子，能够做很细巧的手工。我的胆子大，不怕爬山过岭，飘洋过海。我可以几天不睡觉，几天不吃饭。然而我不久也厌倦了。我不愿意工作。

　　因为我有父亲。我可以依赖他。

　　父亲，世上唯一爱我的父亲！他不怕苦，不怕病，从我出世起，一直抚养着我，庇护着我。他的整个的生命，他的一分一秒的努力，全是为的我这个儿子。他的呼吸，他的眼光，他的思念，没一刻不集中在我身上。

　　然而父亲，我的父亲呵！他现在不再庇护我了！他不再抚摩着我，勉励着我了！

　　我不能再见到我的父亲。

　　我现在才知道开始爱我的父亲。我愿意我的一举一动，我的一呼一吸，全贡献给父亲。我愿意我的整个的生命，我的一分一秒的时光，全为着父亲。

　　但是父亲不再回来了。

　　我自己也已做了孩子的父亲。

　　我的青春也全完了。

　　然而我今天才开始珍惜起来，愿意把整个的青春献给爱情，

知识或工作。

"迟了！迟了！"我懂得蝉儿在说什么。

我这愚蒙的人呵，我没有蝉儿那样的聪明。现在正是夏天，它们知道这是它们的世界，不息的鸣着，不肯默默的放过一分一秒的时光。

就连那些蛙儿们，它们也知道抓住夏天中有着春天意味的一刻而高鸣着。

幸福的幻影

这里就是她甜蜜地唱着歌，我奏着梵娥林的地方。

年月已经过去，太多了，但这里的一切都还依旧：这发着绿光的草原，这在密织着的树枝下的小径，这些孤独而高耸的松树，尤其是这一颗大的石头，我们曾常常沉默地坐在它的上面，幻想着一种美丽的梦的。

过去的某一天，正象今天：

是春天。黄昏上来了。太阳已经沉下它的红色的面孔，只伸展着它的多毛的翅膀在西方的天际。彩色的云时时刻刻在换它们的美丽的衣服。它们的颜色渐渐暗淡起来，青白起来。风已回到山谷的某一个秘密的摇篮里。几只迟归的鸟急速而且低声地飞了过去。白昼生活的浑沌的喧扰声静默了。

散步了许久，我们到了这里。高的绿的枝叶隐蔽着我们。我们是在黑暗的围抱中。这很合我们的意。安娜开始唱起来，我用梵娥林伴奏着，这是我每天从音乐专门学校回家时带在身边的。那是一首陈旧的恋歌，但她的声音却非常的新鲜，甜蜜而且美的，而我的手也灵捷而且活泼。我们带着极大的快乐的幻想重复着。仿佛那首歌是单为我们而作的。我们的心合而为一了。它是这样的热烈，正如在炉灶上的一般。歌声停止下来的时候，我们自己甚至还听到它的毕拍燃烧声。

"你要怎么呢？"安娜低声的问我说。

"我爱……"

于是我们拥抱着，吻着，诉说而且发热了。

什么样的幸福抓住了我们！我们都非常年青，快活，充满着希望，善于幻想。我们是在清洁的泉边饥渴地喝着红色的生命的酒。

但是现实中的幸福常常继续得不久。不幸的变故突然落到我们的头上了。我们一生忍受着无穷的悲哀。

过去了多少年月呢？难以计算。倘若安娜今天遇着我，无疑的，她将失笑得透不过气来。我现在是完全老了，衰弱而且呆笨，不仅我的精力已经消散，我的肌肉也消散了。我只剩着无力的骨头和皱褶的皮了。

"你是谁呢？"安娜将认不出我。

"你就是那个安娜，那个曾为我甜蜜地唱歌的人吗？"那个老女人也将使我惊讶。

对于往日，我怎么想呢？我没有什么惋惜，安娜！无论是春天或冬天，再也不能使我悲哀了。我并不生你的气，也不生我自己的气。各种的希望久已从我的心里飞走了。现在没有一点叹息从我的心里出来。在我是，好象一切都是好的美的，倘若我今天还记得一点灿烂的往日。因为幸福的幻影是比现实的幸福更其光辉而且久长呢。